# 图文观览——养生

## 王富春　哈丽娟　主编

全国百佳图书出版单位

中国中医药出版社

·北 京·

**图书在版编目（CIP）数据**

图文观览 . 养生 / 王富春，哈丽娟主编 . —北京：
中国中医药出版社，2023.6
ISBN 978-7-5132-7740-2

Ⅰ . ①图… Ⅱ . ①王… ②哈… Ⅲ . ①养生（中医）
Ⅳ . ① R2

中国版本图书馆 CIP 数据核字（2022）第 152844 号

**中国中医药出版社出版**

北京经济技术开发区科创十三街 31 号院二区 8 号楼
邮政编码　100176
传真　010-64405721
保定市西城胶印有限公司印刷
各地新华书店经销

开本 710×1000　1/16　印张 12.25　字数 168 千字
2023 年 6 月第 1 版　2023 年 6 月第 1 次印刷
书号　ISBN 978 - 7 - 5132 - 7740 - 2

定价　75.00 元
网址　www.cptcm.com

**服 务 热 线　010-64405510**
**购 书 热 线　010-89535836**
**维 权 打 假　010-64405753**

**微信服务号　zgzyycbs**
**微商城网址　https://kdt.im/LIdUGr**
**官 方 微 博　http://e.weibo.com/cptcm**
**天猫旗舰店网址　https://zgzyycbs.tmall.com**

如有印装质量问题请与本社出版部联系（010-64405510）

# 《图文观览——养生》
# 编委会

# 编写说明

养存阴阳，旷世而绵长；摄取乾坤，亘古而通今。如此华夏寿世，源以药草，惠于砭石。顾世人冀望，耄耋而乐，期颐乃终。以此循杏林古法，揽青囊谨言，融今近惯俗，冠吾辈青墨，示尔养生则法，当茶寿之年，笑闻吾医，鼎立寰宇。

然养生之道，荣于古，散于今，其述杂，其文晦。故世众难解以精微，困惑于繁乱，因是吾曹希以图达意，以文去冗，拨繁显简，图文并茂，祈以此经笥，昭岐黄养生之妙巧，彰八荒保元之精奥，以捷于后来向学者之途。

兹将本书分为九部分，以养生发展历史为经，养生理论及学术构架、中医文化事件为纬，分以养生之源、养生之理、养生之论、养生之法等方面，详以养生历史、养生文化、养生方法，图以养生发展历史中的理论、名医、名著、重大事件、发展前景等重要内容，并简以文字说明，图精言赅、通俗易懂，集学术性与趣味性于一体，娱于大众人民，精于学术严谨。

本书主要读者对象是所有中医养生临床工作者，中医养生文献研究者以及喜爱中医养生的国内外人士。

《图文观览——养生》编委会

2023 年 1 月

# 目　录

## 二、饮食养生

## 三、茶饮养生　　073

## 四、水果养生　　083

## 五、体育运动养生

## 六、四季养生

## 七、房事养生

# 一、药食养生

　　药食养生法是指利用食物或药物来调整机体状态，增进健康、延缓衰老的养生方法。药食养生法在几千年来的实践中，在我们人民的保健活动中，起到了不可替代的作用，为我国的民族繁衍和人民健康长寿做出了很大贡献，有极其光辉的成就，是一个伟大的医学科学宝库。

# 炎帝神农尝百草

　　神农氏，出生在烈山的一个石洞里，传说他身体透明，头上长有两角，即牛头人身。后被推为部落首领，因为他的部落居住在炎热的南方，大家就称他为炎帝。

图1-1-1　神农

　　那时的百姓以采食野生瓜果，生吃动物为生，经常有人受毒害得病死亡。神农氏为使百姓益寿延年，他跋山涉水，行遍三湘大地，尝遍百草，为民找寻治病解毒良药。在这个过程中，他识别了百草，发现了具有攻毒祛病、养生保健作用的中药，却终因误尝断肠草而死，人们为了纪念他的恩德和功绩，奉他为药王神，并建药王庙祭祀。

图1-1-2　药王庙

　　神农积累下来的药物知识，不断得到后人验证，逐步以书籍的形式固定，这就是最早的中草药学的经典之作、世界闻名的中医药宝库——《神农本草经》。

图1-1-3　神农尝本草

# 贤相伊尹制汤药

伊尹是商代初期的重臣，他不但是杰出的政治家，还是一位医学家。史书记载他精于本草药性，并自创汤液，可谓中医熬制汤药的最早记载，后世认为他就是中药汤剂的创始人。

据说伊尹居住在河南洛阳栾川漫子头一带时，他居住的茅草屋堆满了中草药，房前屋后也栽植了上千种从山上挖来的奇花异草，称为百草园。在为百姓治病的过程中，伊尹尝遍百草，中毒无数次，但也得出了生食草药不如煮食为好的经验。他从做饭的道理中摸索出：生米、生菜做熟后营养更丰富，口感也更好，何不将草药混合煎成药水食用呢？草药汤液便自此诞生了。

汤液就是将各种生药加水煎煮而成，方法虽与烹调食物十分相近，但在古时，却是一个很重要的发明。为后世中药的一个重要剂型奠定了基础。

图1-2-1　熬制汤药

图1-2-2　古时用以煎煮汤液的器具

# 悬壶济世普众生

　　悬壶济世是古代对医者道者救人于病痛的颂誉之词。医者仁心，以医技普济众生，世人称之，便有悬壶济世之说。

　　关于壶翁，有这样一个记载。在汉代的某年夏天，河南一带闹瘟疫，死了许多人，有一天，一个神奇的老人在一条巷子里开了一个小小的中药店，门前挂了一个药葫芦，里面盛了药丸，专治这种瘟疫。这位"壶翁"身怀绝技，乐善好施，凡是有人来求医，老人就从药葫芦里摸出一粒药丸，让患者用温开水冲服。喝了这位"壶翁"药的人，都好了起来。时有汝南人费长房，见此老翁在人散后便跳入壶中，他觉得非常奇怪，于是就带了酒菜前去拜访，老翁便邀他同入壶中。费长房从此随其学道，壶翁尽授其"悬壶济世"之术。

　　当然葫芦本身就是一味中药，有利水消肿、清热解毒、杀虫止痒的作用。这也是它能成为医药化身的重要原因之一。葫芦外形像"吉"字，"壶"与"福"字谐音，因此药葫芦也是消灾除病、福寿康泰的象征。

图1-3-1　葫芦

# 玉兔捣药制仙丹

1968年，江苏省丹阳市发现了一座南朝陵墓，此陵墓被称为"捣药玉兔"。

传说有三位神仙，化身为三个可怜的老人，向狐狸、猴子及兔子乞食，狐狸及猴子都拿出了食物接济老人，但只有兔子没有，后来兔子告诉老人："你们吃我吧。"就向烈火中跳了进去，神仙们大受感动，于是将兔子送到了天宫，后来，玉兔就在广寒宫里和嫦娥相伴，并捣制长生不老药。

《汉乐府·董逃行》中有一传说：月亮之中有一只兔子，全身洁白如玉，称作"玉兔"。这种白兔拿着玉杵，跪地捣药，成蛤蟆丸，服用此等药丸可以长生成仙。

图1-4-1　玉兔捣药

# 鲍姑医德满杏林

　　我国医学史上第一位有记载的女医学家名叫鲍姑。她自幼喜爱医学，与晋代著名医学家和炼丹家葛洪结为夫妻，临证造诣愈臻完善。

　　有一次，鲍姑外出采药，途径一山坳，忽听得有人咳嗽，探访见一骨瘦如柴的女子，咯出一摊血，遂为其诊病，知其久患痨嗽咯血之症，非冬虫夏草莫治。便处以"虫草"，嘱其服用方可治愈疾病。姑娘见之，暗自落泪，自诉家中贫病交加，而冬虫夏草颇为昂贵，何来银钱购买？鲍姑遂将随身携带之药免费相赠。

图1-5-1　冬虫夏草

　　鲍姑医德满杏林，美名传远方，后世人为纪念她，曾为之塑像，广州越秀山麓的三元里，就设有鲍姑殿，并塑像。

# 药王传世千金方

　　孙思邈是隋唐时期伟大的医药学家。他精湛的医术，高尚的医德，毕生钻研医学的精神，千百年来一直为人们所传颂。

　　孙思邈自幼体弱多病，一次大病时多亏遇到了一位采药人，经抢救才得以活命。饱尝疾病之苦和求医之难的孙思邈从小就立志学医，为穷苦人治病解痛。他苦读了几年经史典籍后，开始拜师学医，长进很快，青年时期就远近闻名。

　　一次，他遇到生命垂危的尿闭病人，急中生智，大胆地试用葱叶插入病人尿道，导尿成功。这在古代医学史上是没有先例的。

　　孙思邈不但是一代功绩卓著的医药学家，还是养生方面的实践家。相传他活到141岁才仙游，百余岁时仍然耳不花眼不聋，连唐太宗都感叹他"容色甚为年少"。其实，这位药王十分推崇服用药物以延缓衰老，正如他在《备急千金要方》中提出："药能恬神养性，以滋四气。"并记载了不少延寿中药，如服地黄方、乌麻散、琥珀散、熟地膏、枸杞根方、孔圣枕中丹等。

图1-6-1　药王孙思邈画像

# 一味黄土救太子

　　钱乙是宋代著名的儿科医生，有"儿科之圣"之称。钱乙做过一段时间的翰林医官。一天，宋神宗的皇太子突然生病，请了不少名医诊治，毫无起色，皇太子最后开始抽搐，皇帝见状十分着急。于是，钱乙被召进宫内，只见他从容不迫地诊视一番，要过纸笔，写了一贴"黄土汤"的药方。心存疑虑的宋神宗接过处方一看，见上面有一味药竟是黄土，不禁勃然大怒道："你真放肆！难道黄土也能入药吗？"钱乙胸有成竹地回答说："据我判断，太子的病在肾，肾属北方之水，按中医五行原理，土能克水，所以此症当用黄土。"宋神宗见他说得头头是道，心中的疑虑已去几分，正好这时太子又开始抽搐。于是，皇帝命人从灶中取下一块焙烧过很久的黄土，用布包上放入药中一起煎汁。太子服下一贴后，抽搐便很快止住。用完两剂，病竟痊愈。这时，宋神宗才真正信服钱乙，把他从翰林医官提升为具有很高荣誉的太医丞。

图1-7-1　中药黄土

# 时珍亲尝曼陀罗

李时珍是明朝伟大的医学家和药物学家。他以毕生精力，广收博采，亲尝本草，对本草学进行了全面的整理。

图1-8-1 李时珍尝曼陀罗

有一次，李时珍看到一个人喝了用山茄子泡的药酒后手舞足蹈，得知这个"山茄子"便是"曼陀罗"。李时珍决定亲自体验一下曼陀罗泡酒的功效，他抿了一口，整个人竟昏昏沉沉的，不一会儿竟一边舞动一边发出阵阵傻笑；再之后他失去了知觉，摔倒在地。一旁的人连忙给李时珍灌了解毒的药。过了好一会儿，醒来后的李时珍兴奋极了，连忙记下了曼陀罗的产地、形状、习性、如何泡酒以及制成药后的作用、服法、功效、反应过程等。

后来，李时珍几乎走遍了湖北、湖南、江西、安徽、江苏等地的名山大川，行程不下万里。同时，他又参阅了800多部书籍，经过3次修改，终于在61岁（公元1578年）的那年，编成了中国古代药学史上部头最大、内容最丰富的著作—《本草纲目》。

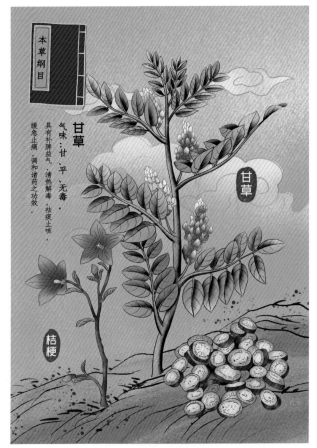

图1-8-2 《本草纲目》

图1-8-3 曼陀罗花

# 本草纲目拾遗著

　　清代著名医药学家赵学敏，自幼聪敏好学，遵从父命业儒，欲图功名，却对医学产生了浓厚的兴趣，常常到父亲专门为弟弟学医所建的"养素园"中翻看医书，种植草药。尽管父亲百般反对，最终他还是丢弃了四书五经，把精力全部转移到医学上来。

　　最终著《本草纲目拾遗》，书中记载"食之延年""益寿轻身"的中药约40种，首次收载如具有补肾助阳作用的冬虫夏草、鹿胎、海龙、鲍鱼、海参等，至今在临床上仍有很高的实用价值。

图1-9-1　冬虫夏草

图1-9-2　海参

# 乾隆皇帝八珍餐

乾隆皇帝是清王朝定都北京后的第四代皇帝，他当了 60 年皇帝和 3 年太上皇，享年 89 岁，是中国历代帝王中寿命最长的一个。究其高龄之由，与其重视养生、讲究药疗有关。

图1-10-1　乾隆皇帝印章

乾隆皇帝每天的御膳中，必须搭配一二种具有强身健体作用的药膳。如有壮肾阳、益精血作用的枸杞鹿肉，滋阴养胃、补肺益肾、健脾止泻的山药鸭羹等。并经常服用补益增寿方药，如龟龄集、秘授固本仙方等。

乾隆四十四年六月，年近古稀的乾隆皇帝，身体有些虚弱，常患腹泻，他考虑是脾、肾两虚所致，命太监胡世杰传旨御膳房制作具有健脾扶阳作用的八珍糕，包括党参、茯苓、生白术、扁豆、莲子肉、生薏米、生山药、芡实。自此，每日膳毕送茶时，随进八珍糕四五块，从不间断。由此可见，乾隆皇帝称得上是一位深谙养生之道，善于食疗的美食家。

图1-10-2　八珍糕

# 大补元气用人参

很久以前深秋的一天，有两兄弟进山去打猎。兄弟俩打了不少野物。正当他们继续追捕猎物时，天开始下雪，接着很快就大雪封山。两人没办法，只好躲进一个山洞。平时他们除了在山洞里烧吃野物，还到洞旁边挖些野生植物来充饥，改善口味。他们发觉有一种外形很像人形的东西味道很甜，便挖了许多。不久，他们发觉，这种东西虽然吃了浑身长劲儿，但是多吃会出鼻血。为此，他们每天只吃一点点，不敢多吃。转眼间冬去春来，冰雪消融，兄弟俩扛着许多猎物回家了。村里的人见他们在山上长得又白又胖，感到很奇怪。他们简单地介绍了自己的经历，并把带回来的几枝植物根块给大家看。村民们一看，这东西很像人形，却不知道它叫什么名字，有个德高望重的白须长者笑着说："它长得像人，就叫它'人生'吧！"后来，人们又把"人生"改叫"人参"了。

图1-11-1　人参

# 起死回生话灵芝

关于灵芝，在中国有一个流传千古的爱情故事。

在中国四川省的峨眉山中住着一条白蛇，道行甚高，渐渐修炼成一个美丽娇俏的女子。

一天，白蛇化名白素贞前去杭州西湖游玩。游湖时，白素贞认识了青年许仙，两人心生爱慕，遂结为夫妇。

哪知金山寺的方丈法海和尚，算出了白素贞是白蛇化身，逼着白素贞喝了一杯雄黄酒，白素贞饮酒后现出了原形，许仙竟被吓死。白素贞十分悲痛，跋山涉水，来到昆仑山，欲偷盗灵芝仙草，却被守仙草的梅童、鹿童发现，交手几个回合不相上下，突然来了一位童颜鹤发的老者——南极仙翁。他被白素贞救夫的一片诚意所感动，便命两仙童放了白素贞。

白素贞对南极仙翁感激不尽，她拿着仙草，回到家中后，忙将仙草熬成汤，用汤匙撬开许仙的嘴，将仙草汤灌进。才一会儿的工夫，许仙便轻轻吁了口气，心脏也开始重新跳动。灵芝果然使许仙"起死回生"了。

图1-12-1　西湖雷峰塔

图1-12-2　灵芝

# 补血良药属阿胶

阿胶，又名驴皮胶，是一味补血止血，滋阴养肺的良药。相传很久以前，民间流传着一种怪病，病人面黄肌瘦，卧床不起，直到气喘咳血而死。一时间村镇冷落。当时，山东东阿县有位美丽的姑娘名叫阿姣，她为使众乡亲脱离病痛，只身赴泰山寻求治病药草。

图1-13-1　东阿阿胶

阿姣路遇一鹤发童颜长老，便走上前去打听，长老告知，要用一头凶猛异常的小黑驴的皮。阿姣立刻拜师学艺，经过七七四十九天，把七十二路剑法练得精通，经过一番苦斗，阿姣制伏了小黑驴，即按长老吩咐，熬制驴皮。病人服一个好一个，想找恩人致谢时，长老和阿姣都不见了。人们说，长老是药王菩萨下凡，把阿姣带上仙山当药童了。后来，人们为了纪念阿姣姑娘，就把药胶叫作"阿胶"。

# 贵妃养颜有秘方

《杨贵妃上马图》描述的是唐玄宗的贵妃杨玉环上马的情形，图中极为精致地展现了杨贵妃的雍容华贵，面色白皙，肤如凝脂。

《虢国夫人游春图》描述的是唐玄宗的宠妃杨玉环的二姊虢国夫人及其眷从盛装出游的场景。

据说当年杨贵妃与虢国夫人为了皮肤细嫩光滑，每天都吃一道药膳——"阿胶羹"，其主要原料是：阿胶，黄酒，核桃，黑芝麻，冰糖。阿胶是"补血圣药"，核桃仁、黑芝麻都有润肤黑发，延缓衰老的作用。阿胶羹，是一道非常好的美容药膳，它能够养血润肤，美容养颜，延缓衰老。

图1-14-1　阿胶糕

# 健脾补肾话山药

　　魏正始年间，嵇康、阮籍、山涛、向秀、刘伶、王戎及阮咸七人，常在当时的山阳县竹林之下，喝酒、纵歌，吟诗，世谓"竹林七贤"。

　　当时竹林七贤游至博爱竹林时，看到管竹园的人在挖一种树根，就问："挖的是什么？有何用途？"看管竹园的人告诉山涛（竹林七贤之一，今河南武陟人）："这是薯蓣，可以食用，具有滋阴壮阳的功效。"看园人点起篝火，烧烤薯蓣，时间不长就飘出香味，尝起来口感滑腻绵软。山涛知道老家武陟和博爱土质气候差不多，就向看园人讨要了一些薯蓣，带回老家试种，结果，长势旺盛，收成很好。薯蓣既能当菜、主食，又能当药。因为这是山涛从山边竹园移栽到家乡的，人们就改称它叫"山药"了。现河南省武陟县山涛墓与祠仍在。这里的村民，尤其是怀药的种植经营者，对山涛敬若神明。

图1-15-1　山药饮片　　　　　　　　图1-15-2　新鲜山药

# 文人诗酒话枸杞

公元 826 年（唐宝历二年），唐代两位大诗人刘禹锡与白居易在扬子江畔不期而遇，他们一起沿运河北上去游赏楚州古城。

图1-16-1　刘禹锡雕像

图1-16-2　白居易画像

　　两位大诗人的到来引起了轰动，连邻近各县的文人也纷至沓来。淮安文坛的这一盛大文人聚会，地点设在开元寺。开元寺以北院的枸杞井而闻名，大井旁长了一片郁葱茂密的枸杞树，寺院里的僧人每天的饮用水都来源于这口枸杞井，结果众僧人面色红润，好多僧人到了80岁还发乌牙坚。

　　枸杞井旁，刘禹锡文思涌动，写下了枸杞井诗一首。这次文坛聚会引起了空前的轰动，从此，枸杞井和枸杞井诗广为世人传颂，常食枸杞子能延年益寿的说法也逐渐流传了开来，食用枸杞子风靡一时。

图1-16-3　新鲜枸杞子

图1-16-4　干枸杞子

# 和血补血盼当归

当归是中医常用的一味中药，可以起到和血补血的功效，是一味很好的滋补中药。说到当归，有一个美丽的传说。

相传在很早以前，在岷山脚下，住着一对恩爱夫妻。男的叫荆夫，女的唤秦娘。秦娘怀孕生子，得了产后血症，荆夫四处求医治疗，不见好转，后跟随一位道人前往峨眉山。老道人指着一种植物说："这就是你要找的那种药，现在正在开花，要得成药，最少要三年时间，如有疏忽，时间倍增。"

荆夫按老道的指点，辛勤栽培。三年后所栽之药有了收获，老道人说："眼下秦娘病重，正盼你归，当归！"当归之名即从此来。

荆夫拜别师傅，星夜赶路，半月后回到家里，他当即将所带之药如方配制，给秦娘灌服，秦娘病情立见好转，不久便痊愈。夫妻二人感激不尽，就将老道人所赠药籽依法种植，三年之后种成当归，岷山脚下，洮渭之滨，遍地栽种，异香醉人。

图1-17-1 当归（1）

图1-17-2 当归（2）

# 女帝久咳用虫草

武则天，是中国历史上的唯一一位女皇帝，据记载，武则天晚年经常咳嗽不止，御膳房的康厨师见她不思饮食，便用"冬虫夏草"炖鸭给武则天滋补身体。武则天见汤里有黑乎乎的似虫非虫的东西，认定是康厨师要害她，便吩咐将其打进了大牢。

图1-18-1　武则天雕塑

御膳房的李厨师非常同情康厨师的遭遇。所以他将几棵冬虫夏草塞进鸭子嘴里，将其放进锅里炖起来，并将这道"虫草全鸭"呈给武则天。武则天觉得鸭子鲜嫩，此后每隔三两天便吃一次。一个多月后，竟不再咳嗽了，她心情怡悦，召见了李厨师，其间，李厨师现身说法，把制作"虫草全鸭"的过程做了表述，并从鸭子的嘴里取出了冬虫夏草，说其具有补肺益肾的功能，主治虚劳、咳嗽、痰血、腰痛等。武则天沉思了许久，慢条斯理地说："看来是我错了。"于是吩咐人马上把康厨师放出了大牢。

图1-18-2　虫草老鸭汤

图1-18-3　冬虫夏草

# 驻颜不老生姜汤

图1-19-1　苏东坡画像

苏轼，宋代文学家，任职杭州太守时，有一天，他去净慈寺游玩，拜见寺内住持。住持年过八十，鹤发童颜，精神矍铄，面色红润，双目有神。苏轼感到十分惊奇，问住持用何妙方求得如此长寿。住持微笑着说："老衲每日用连皮嫩姜切片，温开水送服，已食四十余年矣。"苏轼回去之后，特意记载了这件事，并写了一首诗："一斤生姜半斤枣，二两白盐三两草，丁香沉香各半两，四两茴香一处捣。煎也好，泡也好，修合此药胜如宝。每日清晨饮一杯，一生容颜都不老。"这首诗被后人收载编著于《苏沈良方》中，叫作"驻颜不老方"，许多养生医籍均有转录，足见生姜抗衰老的功效。

图1-19-2　姜茶

# 腰膝酸痛用杜仲

刘太公，是汉太祖高皇帝刘邦的父亲，他虽到晚年仍十分喜爱蹴鞠活动，刘邦在首都仿照刘太公的旧居建了一座新城，把刘太公的老邻居全都一块儿迁过来，陪刘太公蹴鞠、斗鸡、走狗等。一日，刘太公在蹴鞠时，突然腰膝酸痛，头晕目眩，全身疲倦，当时便晕倒在地，刘邦得知后，请了宫中的医者前来诊治，服用了几日汤剂仍有腰膝酸痛之症，后请来了西汉名医淳于意，淳于意诊脉后，单开出一味中药，命人煎汤后，让刘太公服下，连服3日后，刘太公竟觉腰膝坚强，身体也轻松了，服7日后，刘太公痊愈。这一味中药便是具有补肝肾、壮腰膝、强筋骨、安胎作用的杜仲。

图1-20-1　杜仲

# 缓和药性属甘草

图1-21-1　甘草

看过《三国演义》的人，一定知道乔国老这个人物吧，他是孙策和周瑜的岳父，无独有偶，在中医药学宝库里有味号称"国老"的药，那就是甘草。甘草有调和众药之功，故有"国老"之称。相传从前有一位老医生医术精湛。一次，他应邀到外地赴诊，临行前给徒弟留了几包事先开好的药，嘱托他以此药可应付一般的诸如感冒咳嗽、腹泻腹痛、头痛脑热等小毛病患者。不料老医生一去多日未归，徒弟眼看那几包草药快用完了，情急之下便将师傅常泡水喝的一些干柴样的药物切碎，混进药包。

图1-21-2　八仙过海之张果老

谁知很多患有咳嗽痰多、咽喉肿痛的病人吃了这些草药，很快就痊愈了。这种药物就是今天我们所熟知的本草王国里的"国老"，最甜的中药之一——甘草。

# 利水渗湿薏苡仁

图1-22-1　辛弃疾画像

辛弃疾，南宋人，豪放派词人。他一生坚决主张抗金，曾任江西安抚使、福建安抚使等职。由于与当政者政见不合，后被弹劾落职，退隐山居。一天深夜，他突感腹部剧痛，腹股沟凸起，阴囊肿大，重坠如杯。家人急忙请来医生诊治，几剂中药煎水服下后略缓解了疼痛，但他还是卧床煎熬，寝食不安。两天后，一位须发皆白的道士路过他家门口，听到他痛苦的呻吟，进门细瞧，摸摸他的腹部，然后说道："你患的是疝气病。我教你一法：东壁黄土炒薏珠（即米仁），它具有利水渗湿，健脾止泻，除痹，排脓，解毒散结的作用。用水煮，慢慢熬成膏后服下就可治好。"于是其家人用此方法，连服几次后，疝气果然痊愈了。

图1-22-2　薏苡仁

# 豁痰定惊选牛黄

牛黄，是一味名贵的中药。相传，牛黄是我国古代医学家扁鹊在无意中发现的。

一天，扁鹊正在桌上整理煅制好的金礞石，与牛胆囊中的两枚"石头"。隔壁邻居阳宝惊叫着跑来说其父亲一口气上不来，在炕上抽搐不停。

扁鹊急忙去阳宝家，只见阳宝的老父亲双眼上翻，喉中辘辘有声。扁鹊立即吩咐阳宝快到桌上把金礞石拿来研成末，给阳宝父亲灌下。须臾，阳宝的父亲就止住抽搐，气息也平静了。

扁鹊回家时却发现桌上的两枚牛"石头"不见了。细寻之下，原来阳宝在慌乱中错把牛黄当金礞石拿去了。扁鹊想："难道这种石头真的有豁痰定惊的功效？"便有意用其配药，给阳宝的父亲送去服下，病奇迹般地好了。

扁鹊就将这种黄牛胆内的深黄色之物命名为"牛黄"。从此，名贵而奇效的中药"牛黄"便诞生了。

图1-23-1　扁鹊

# 慈禧养生妙用菊

慈禧，清代太后，咸丰帝的妃嫔，同治帝的生母。慈禧生于 1835 年，死于 1908 年，慈禧不仅 74 岁高龄，而且保养得十分好。

图1-24-1　菊花

慈禧之所以长寿，与她长期善用菊花有很大关系。在饮食上，慈禧取鲜菊花瓣，用火熬透，去渣再熬浓汁，炼蜜收膏制成菊花延龄膏，此膏具有解表、疏散风寒、清热清肝、明目、解毒之功效，是慈禧一生中最喜爱、最常用的药膳，特别是到了老年，菊花延龄膏成了慈禧每天不可缺少的膳食。

每到秋菊怒放，慈禧总要命人摘取大朵菊花，撕出花瓣晒干揉碎，填进布袋充作枕芯。原因是取其清热疏风、益肝明目等特性，起到"通关窍，利滞气"作用，收到解痛祛病效果。长期使用，自觉夜晚酣睡香甜，翌晨起床神清目明，并且之前头晕眼花的症状也缓解了。

# 消食化积首山楂

唐代天宝年间，杨贵妃患了腹胀病，出现脘腹胀满、不思饮食、大便泄泻等症状。见贵妃整日蹙眉叹息，圣上忙诏令御医为其诊治，无奈用遍了名贵药，病情不减反而加重，只得张榜招名医。一天，有位道士路过皇宫，当即揭榜为皇妃治病。入宫诊视，道士察贵妃脉象沉迟而滑，舌上布满厚腻苔，于是挥毫处方："棠梂子十枚，红糖半两，熬汁饮服，日三次。"随后竟扬长而去。皇帝急命御医照方遣药。谁知用药不到半月，皇妃的病果真好了。

方中的棠梂子，至宋代《本草图经》被确认是山楂的别名。

图1-25-1　山楂干

图1-25-2　山楂树

# 灵泉寺中白果灵

传说，很久以前，有一位姑娘名叫白果，一天她赶着羊群来到了一棵树下，突然咳嗽几十声，痰涌咽喉吐咽不下，顿时昏迷过去。这时，只见从大树上飘下来一位仙女。手里拿着几颗从树上摘下的果子，喂进白姑娘口中，片刻痰就不涌了。白姑娘赶紧从地上爬起来，

图1-26-1　银杏

从树上摘下许多果子，治好了村里成千上万的咳喘病人。就这样，人们干脆把"白姑娘送的果子"叫白果，那结满白果的大树就叫"白果树"了。从此，"白果树叶降血压，白果树果核治咳喘"的故事就被世世代代流传了下来。

图1-26-2　山东省沂水县灵泉寺与千年银杏树

　　东汉时期，一位僧人路过此地，发现白果树旁的泉水清澈甘甜，认为白果树的治病灵验都与此泉有关，就取名为"灵泉"。后人在灵泉和白果树旁建了一座寺院，亦叫"灵泉寺"。直到现在，那株经过了千年的白果树依然枝繁叶茂，高大挺拔地屹立在河南省禹州市神垕镇的大刘山上，吸引着越来越多的中外游人到此参观。

图1-26-3　白果

# 二、饮食养生

古语有云："养生之道，莫先于食。"饮食是维持生命、保持机体健康长寿的基本条件。随着社会的发展、人类的进步，人民的生活水平不断提高，饮食结构也在发生改变，怎样才能吃得好、吃得科学，合理的饮食方法成了首要的目标。可见食物养生法是益寿延年的重要手段。几千年来，我国已经逐渐形成了一套具有中华民族特色的饮食养生理论，在保障人民健康方面发挥了巨大作用。

饮食养生在中国有着良好的发展氛围与悠久的传承历史，几乎成为古代社会生活中不可分割的一部分。随着人类生活的逐步发展，将食材合理配伍，采用恰当的烹调技术，制作成美味的食品，在享受到好口感的同时又达到了养生保健的作用。

# 食物养生有起源

　　在茹毛饮血的原始时代，我们的祖先在获取食物的过程中，偶然发现一些食物在满足机体需要的同时还能增强体质，减轻或治疗疾病，这使人类从最初"偶然"的发现而进入主动的寻求阶段，这就是食疗思想的最初起源。

图2-1-1　北京博物馆山顶洞人人模

图2-1-2　原始人生活场景雕塑

# 钻木取火做熟食

传说在一万年前，生活在古昆仑山上的一个族群中的智者一日看到鸟啄燧木时产生火苗，受此启发发明了钻木取火，这个族群也因此被称为燧人氏族。

图2-2-1　火

钻木取火是根据摩擦生热的原理产生的。木原料本身较为粗糙，在摩擦时，摩擦力较大会产生热量，加之木材本身就是易燃物，所以就会生出火来。在使用火之前，人类普遍是短寿且多病的。火的发现和使用，改善了人类茹毛饮血的饮食条件，人们的饮食发生了很大变化，由植物性食物为主转向动物性食物为主，由生食向熟食发生转化，这时食物真正发挥了它们的食疗养生作用。

# 因错炼丹成豆腐

什么叫阴差阳错，到八公山走走就会知道。明明想炼丹，丹没炼成，却做成了豆腐。"刘安做豆腐——因错而成"的歇后语至今在淮南民间流传着。

图2-3-1　豆腐

刘安是汉刘邦的孙子，公元前164年被封为淮南王。相传刘安和门下食客"八公"共同炼丹，一次不慎将石膏或卤水滴到豆汁里，大缸中的豆汁渐渐地凝固成白色膏状的固体，其他人心灰意冷，以为这又是一次失败的"实验"，刘安尝了一下这白色固体，发现入口即化、美味无比，于是这"豆腐"便在民间传开了。也曾有人把豆腐称为中国国菜，可见，人类当时已从简单直接食用动植物食品，发展到能够制造出多种经过化学变化的食品，食材中营养成分的利用率得到提高，人类饮食物的品种更加丰富。

# 仲景治病食疗方

东汉杰出的医家张仲景一次去患者家中诊病，发现患者腹痛不止，而每次疼痛时其儿子给熬羊肉汤食用腹痛便会减轻。仲景诊脉辨其为"少阴病"，开了几副药的同时，也对这神奇的"羊肉汤"产生了好奇心，于是将中药改为药膳

图2-4-1　生姜片

给患者服用，这药膳就是将当归、生姜与羊肉炖后服汤，几天之后，患者的腹痛果然减轻了许多。此后，仲景每于治病途中，都尝试用一些功效与中药相似的食物给患者服用，效果极佳，并将这些食物记载成方，收录在《伤寒杂病论》中。

图2-4-2　仲景山中寻"食"

# 仙翁葛洪调营养

晋唐时期，葛洪去一朋友家做客，发现当地人的脖子都比正常人粗一圈。葛洪游历至海边时带给朋友一些食用的海藻，朋友怕长期不吃海藻发霉，于是将其扔进酒缸中，葛洪的朋友喜饮酒，时不时就喝点缸中的酒，时间一长，他竟然发现自己的脖子变细了，便传书与葛洪，葛洪发现海藻酒可治瘿病（甲状腺肿），并将此方法记载在其所著的《肘后方》中。此后，又发现猪胰可以治消渴病（糖尿病）。可见，葛洪的重大发现，广泛又丰富地积累了食疗养生的经验，特别对一些营养缺乏性疾病的认识和治疗取得了较大成就。

图2-5-1　葛洪的画像

# 凤阳街坊豆腐香

玛瑙白玉，原名"凤阳酿豆腐"，相传明太祖朱元璋年幼家贫，于十七岁在凤阳皇觉寺落发为僧，因清规严律，加上连年灾荒，被方丈疏散出寺，云游化缘过着近乎乞讨的生活。有一天，他来到一位姓黄的厨师家门口化缘，这位厨师见此少年游方僧衣衫褴褛，骨瘦如柴，顿起恻隐之心，遂将刚出锅的一块"酿豆腐"施舍给了他。

图2-6-1　朱元璋塑像

图2-6-2　凤阳酿豆腐

　　朱元璋饥寒交迫之中得此美味果腹，遂终生难忘。后来朱元璋当了皇帝，常常想到赠食的"酿豆腐"，于是就降旨差员特诏黄厨师进京，以后宫中每逢琼林宴，"酿豆腐"就成了必不可少的一道菜，从此驰名于世，相传至今已有六百余年。这"酿豆腐"不仅美味，也可补虚养身调理骨质疏松。黄家十三代孙现在仍住凤阳，"酿豆腐"这道名菜成为地方一绝。

# 养生之宝萝卜汁

明朝开国皇帝朱元璋，小时候体弱多病，父母用玉米油、萝卜汁养大了他。可能很多人不知道玉米油是什么东西，就是熬玉米粥的时候，从上面撇的一层黏稠的液体，穷人家的孩子若吃不上母乳，多能以此充饥。而喝萝卜汁呢，则得益于皇觉寺的老和尚良言相告，萝卜是养生之宝，不但能促进消化，还能增强免疫力，褪褓中的朱元璋才有幸活了下来。

《本草纲目》称白萝卜为"蔬中最有利者"。萝卜不仅可以做成汁，还有很多吃法，可以做汤，可以炒着吃等。取白萝卜1个，白胡椒5粒，生姜4片，陈皮1片。加清水500毫升，煎煮30分钟后，去渣留液，再加入水250毫升煎煮15分钟，摇匀后分别装在两个碗中，备用。可每天饮用2次，每次1碗，早晚各1次。适用于痰多以及痰黏难以咳出者。

图2-7-1 萝卜汁

图2-7-2 萝卜

# 人间豆皮长寿包

《红楼梦》中有一段经典场景：宝玉又问晴雯道，"今儿我在那府里吃早饭，有一碟子豆腐皮的包子，我想着你爱吃，和珍大奶奶说了，只说我留着晚上吃，叫人送过来的，你可吃了？"《红楼梦》第八回，宝玉自己舍不得吃，却要留给晴雯，就是这豆腐皮包子。

豆腐皮包子是用豆腐皮做皮，木耳、香菇、青菜等做馅蒸成的包子。在清朝曾长期作为贡品，给皇上吃。

豆腐皮中的木耳、豆腐都有降血脂的作用，尤其是豆腐皮含有很多植物雌激素，有延缓衰老、美容的作用。对于"三高"患者来说，豆腐皮包子是非常健康的一道菜。

豆腐皮包子的做法：第一步，腐皮包裹馅心包之四折，成方包，以蛋清糊其封口，上笼蒸；第二步，用腐皮裁为小片，包馅成兜子，以麻线收口，蒸熟成型，再去麻线。

图2-8-1　豆腐皮

# 桑蚕猪尾可美颜

图2-9-1　桑虫

图2-9-2　猪尾

《红楼梦》第二十一回：谁知凤姐之女大姐病了，正乱着请大夫来诊脉。大夫便说："替夫人奶奶们道喜，姐儿发热是见喜了，并非别病。"王夫人凤姐听了，忙遣人问："可好不好？"医生回道："病虽险，却顺，倒还不妨。预备桑虫猪尾要紧。"凤姐听了，登时忙将起来。医生说预备"桑虫猪尾"，这个"桑虫猪尾"中的桑虫就是蚕蛹，明代张景岳《景岳全书·痘疹诠》："桑虫用以发痘。"猪尾即猪的尾巴，含有较多的蛋白质，主要成分是胶原蛋白质，是皮肤组织不可或缺的营养成分，可以改善痘疮所遗留下的疤痕。所以大夫要求预备好猪尾，等痘疹结痂时即可食用猪尾，以免脸上留下疤痕。桑虫猪尾这道菜在补充人体所需蛋白质的同时，可改善痘疮留下的后遗症。

# 营养饺饵亦养生

俗话说，"好吃不如饺子"，但是过去饺子是非常珍贵的食物，只有在过年的时候才能吃上一顿。如今生活水平提高了，我们可以经常吃到饺子。其实饺子里面也隐藏着很多的养生秘密哦。

相传1800多年前，河南南阳一带冬季湿冷，衣物不足，居民冻疮多发，耳朵冻伤更是严重。医圣张仲景就把韭菜、茴香、生姜、羊肉、辣椒等剁碎，用面皮包成耳朵的样子，下锅煮熟，在汤里配上醋、黄酒、葱末，饺子连同汤水一同食用。人们吃后，顿觉全身温暖，两耳发热，冻疮也就被治好了。这种食物被称为"饺饵"，也就是后来的饺子。

饺子之所以流传千年而不衰，根源于中华民族在长期生活实践中形成的智慧：阴阳平衡，五味调和，粗细搭配，谷菜配合，刚柔相济，包容中庸。吃一口饺子，吃下去的不只是营养，更是文化。

图2-10-1　饺子

图2-10-2　汤水饺

# 冬吃萝卜夏吃姜

如今，生姜是一味很好的调味品，我们炖肉、炖鱼、做馅的时候都会放一点姜，可以起到提味去腥的作用。当然生姜也是一味中药，自古以来就有"吃姜防病"的说法，姜还救过皇帝的命，楚汉相争时期，刘邦征战河南音山，身染瘟疫，久治不愈。当地百姓献方"生姜萝卜汤"，刘邦喝后病情大减，再一喝即药到病除。另一传说，南北朝时期，宋明帝喉中长疮，疼痛不已，脓血不止，到后来连水都咽不下去了。当时的名医徐文伯诊断后，认为明帝是中了生半夏之毒，让明帝每天吃三次生姜，每次吃五两（古代 16 两为 1 斤）。果然不久之后就解除毒素恢复健康了。

不止名人们懂得姜的养生功效，民间早就流传着许多关于姜的谚语，比如"早吃三片姜，赛过人参汤""冬吃萝卜夏吃姜，不劳医生开药方""男人不可一日无姜"等。可见，姜实在是个好东西，一定要常常吃点姜啊。

图2-11-1　姜

图2-11-2　生姜萝卜汤

# 韭叶芸香战孟获

三国时期，蜀军军师诸葛孔明为征服南蛮，率百万大军南征以擒拿孟获。岂料，孟获也非等闲之辈，他暗施毒计，把孔明军队诱至秃龙洞，此地山岭险峻，道路狭窄，常有毒蛇出没，更有瘴气弥漫，蜀兵皆染瘟疫，面临不战自溃，全军覆没的危险。

此时，一老者伏杖迎面而来，孔明叩拜，以求解救之计。老者授计道："此去正西数里，有一隐士，号万安隐者，草庵前有一仙草名'韭叶芸香'，口含一叶，则瘴气不染。"孔明拜谢，依言而行，果真全军平安。

孔明征服南蛮，凯旋回朝后，向一位老郎中求教，才得知"韭叶芸香"就是家喻户晓的大蒜。

大蒜是药草世界的奇兵，古埃及人不仅膜拜它，还让奴隶食用以强身健体。大蒜具有千百种功效，从对付耳朵感染到预防心脏病、癌症，无一不能。而且拿来治疗肺结核，也相当成功。

图2-12-1　武侯祠诸葛亮塑像

图2-12-2　大蒜

# 菜花种子妙养生

　　清代，有一户姓李的人家以种细菜为业。一次，他家从一个大使馆得到一两菜花种子，经试种成功后，日积月累，渐渐富裕起来。于是，他又买了几亩地，雇了几名长工，便开始独家经营菜花。因其姓李，世称为"菜花李"。

图2-13-1　罗平油菜花田

　　"菜花李"视菜花种子为家珍，概不外传。一次，他的儿子感染了风寒，因为体质不好，感冒好了之后也病恹恹的，不爱吃饭，总是口苦咽干，大夫看过之后，用一个食疗方换了菜花种子，这个食疗方是这样的：将菜花掰成小块洗净，银耳50g，菊花少量，冰糖少许，文火煲约半小时，拣出菊花，放凉后即可食用。吃了几次后，儿子果然精神了许多，原来本法可滋阴解毒，用于热毒伤阴引起的胃热、口苦、咽干舌燥、不思饮食、头痛目赤等症状，以及放疗引起的气阴两虚等证。

图2-13-2　菜花

中华人民共和国成立后，"菜花李"贡献出菜籽，菜花才走上寻常人家的饭桌，成了人们日常生活中的食疗佳品。

图2-13-3　菜花食疗

# 东坡爱食玉糁羹

宋代大文学家苏东坡不仅精通中医药学，也是一位美食养生家。苏东坡经常会摸索出一些既能治病保健，又美味的养生方。

传说苏东坡小的时候不爱吃饭，脾胃也不好，他的母亲经常为他不爱吃饭而发愁，一次家中来了一个道士，问及苏东坡的母亲为什么犯愁，第二天道士从山中带回一个椭圆形的东西，并告诉苏的母亲煮着给苏东坡吃，母亲按照道士的说法给苏煮食，吃了几次之后，小东坡的胃口渐渐好了起来。原来这个椭圆形的东西就是山芋。苏东坡长大之后还爱吃山芋煮成的玉糁羹。他经常下厨自己煮着吃，并且称这是健脾益气的佳品。山芋是块茎类食物，富含蛋白质、钙、铁、胡萝卜素、维生素 C 等，可益脾和胃。

图2-14-1　山芋羹

# 为母研究"四物汤"

孙中山先生是一位伟大的革命家，他在投身革命前本修西医，同时对中医及食疗很有心得。他自己研配的"四物汤"，就是对饮食营养研究的成果。

"四物汤"是中医补血养血的经典方药，原方由当归、川芎、芍药、生地黄四味药组成。不过，孙中山的"四物汤"却弃中药而取素食，集黄花菜、木耳、豆腐、豆芽四种食物之精华制成。孙中山的母亲有心脑血管疾病，饮食也颇为挑剔，孙中山爱母心切，经常求医问药，后来听说食疗亦可治病养生，便发明了这"四物汤"，常常亲自下厨做给母亲吃，母亲感动于儿子孝心的同时，常常吃这"四物汤"，身体也健康硬朗了许多。

孙中山的"四物汤"诞生已近百年，黄花菜、木耳、豆腐和豆芽四物，集中了素食的突出优点，有丰富的蛋白质、脂肪、糖类和多种维生素，而且不饱和脂肪酸和粗纤维含量也比较高，胆固醇的含量却比动物食品低，植物脂肪还有降低胆固醇的作用。

图2-15-1　南京总统府孙中山铜像

# 喜食花椒可开胃

　　传说，当年乾隆皇帝微服私访至四川，因为长期奔波劳累，在出巡之中食欲不振，午饭时随众人来到饭馆，点了当地的名菜，都是麻辣口味，乾隆皇帝闻此香味食欲大开，吃过这顿饭后精神百倍，于是把厨师叫来问其缘由，原来川菜喜用花椒，善用花椒，也长用花椒。花椒虽然很小，但效用很大，有提味、去膻之功效。川人说用了花椒的菜"颗粒调和、百味俱香"，用花椒处理一下，可以祛腥增鲜，使菜肴味道格外鲜美。喜食花椒的人大多胃口都不错，因为花椒能促进唾液分泌，起到"增加食欲"的作用。乾隆大悦，重金赏赐了这个厨师并把他请到京城，普及花椒的做法和吃法。

　　清末《成都通览》中就有了椒麻鸡片的菜名和做法。"麻"在那时被当作一种基本味标注出来，并且列入了"麻、辣、咸、甜、酸、苦、香"的七味之首。

图2-16-1　花椒枝叶

# 生食板栗显奇效

唐宋八大家之一的苏辙，曾作诗一首说明自己按照"旧传方"食用板栗，医治腰膝酸软："老去自添腰腿病，山翁服栗旧传方，客来为说晨兴晚，三咽徐妆白玉浆。"苏辙以此诗告诉老人们食用板栗补肾的科学方法：每天早晨和晚上，把新鲜的栗子放在口中细细咀嚼，直到满口白浆，然后再一次又一次地慢慢吞咽下去，就能收到更好的补益治病效果。

人到老年，由于阳气渐渐衰退，不仅会出现腰膝酸软、四肢疼痛，还可能出现牙齿松动、脱落，这些都是肾气不足的表现，当从补肾入手，及早预防，食用生板栗就是可行的方法之一。中老年人若是养成每日早晚各吃风干的生板栗 5～10 枚的习惯，便可以达到有效预防和治疗肾虚、腰酸腿疼的目的。生食板栗有止血的功效，可治吐血、衄血、便血等常见出血症。将生板栗去壳，捣烂如泥，涂于患处可以治跌打损伤、淤血肿痛等。不过，脾胃不好的人生食不宜超过 5 枚。

图2-17-1　板栗

板栗味甜性温，可炒可煮，有和胃健脾的功效。现在由于生活条件改善，家长对小儿的营养照料往往过于精细，强食、偏食均可导致临床多见的小儿脾虚证，所谓"脾虚"即指小儿面色无华，体倦乏力，形体偏瘦，厌食或拒食。

1917年2月，在湖南省立第一师范学校读书的毛泽东与蔡和森步行100多公里，来到浏阳做社会调查，他们住在铁炉冲的同学陈绍休家。离开浏阳的前一天，毛泽东与陈绍休等决定上山栽树以作纪念。毛泽东认为，板栗树根深叶茂，不畏风雨，寿命长，果子盛壮又甜美。他们拿来锄头，从后山移来两株板栗树苗。毛泽东亲自挖坑、植树、培土、浇水，边栽树还边风趣地说："前人栽树，后人乘凉，后人吃果哟！"逗得大家开怀大笑。如今这两株板栗树已长成了参天大树。

如今大街小巷都有卖糖炒栗子的，栗子的营养价值非常丰富，具有很好的补肾益气的功效，深受大家的喜欢。

# 孝子哭竹可生笋

相传三国时期的孟宗，少年时父亡，母亲年老病重，医生嘱用鲜竹笋做汤。适值严冬，没有鲜笋，孟宗无计可施，独自一人跑到竹林里，扶竹哭泣。少顷，他忽然听到地裂声，只见地上长出数茎嫩笋。孟宗大喜，采回做汤，母亲喝了后果然病愈。后人有诗云：泪滴朔风寒，萧萧竹数竿。须臾冬笋出，天意报平安。

冬笋素有"金衣白玉，蔬中一绝"的美誉。每年一二月份，正是吃冬笋的好时节。和春笋、夏笋相比，冬笋品质最佳，营养最高。它含有丰富的胡萝卜素、维生素 $B_1$、维生素 $B_2$、维生素 C 等营养成分。其所含的蛋白质中，至少有 16 ～ 18 种不同的氨基酸。

孟宗的母亲正是食用了冬笋汤才病愈，冬笋汤可滋阴养血、清热增力。

图2-18-1 竹笋

图2-18-2 竹笋汤

# 羊肉羹救天子命

据说，五代末年，赵匡胤还未得志时，身无分文，穷困潦倒。一日，在长安（今西安）街头流浪的他，饥饿难耐，头晕眼花，店主看他可怜，就把几天前剩下的两个烧饼给了他。可放了几天的烧饼又干又硬，根本咬不动。这时，他看到不远处正有一家肉铺在煮羊肉。赵匡胤便向店家讨了一碗羊肉汤，把干硬的烧饼掰成小块泡进汤里。没想到，这碗烧饼吸入了肉汤的香气，肉汤泡软了烧饼，一碗"汤泡馍"吃得赵匡胤浑身发热，饥寒全无，精神大振。

图2-19-1　西安美食羊肉泡馍

几年后，赵匡胤做了宋代的开国皇帝，每日山珍海味，日久天长，嘴里没了味道。冬至那天，他想起了那碗"汤泡馍"，立即派人找到了当年的小店，和臣子们一起吃了羊肉泡馍，全身温暖，人也精神了许多。脾胃虚弱的人多吃温热性的羊肉可以养胃健脾，还有强肾之功效。

# 常吃苦瓜可下火

伟大领袖毛主席从小就爱吃苦瓜。有一次，他一边吃一边对身边的人说：苦瓜这种菜，我的家乡很多，房前屋后都可以种，好种，也好活。有些人吃不惯，是怕它的苦味。我不但吃得惯，还一生都吃，从小就爱吃，就图它个苦味。

图2-20-1　清炒苦瓜

还有一次，毛泽东同身边工作人员一起用餐，餐桌上有一道他很喜欢吃的菜——苦瓜炒鸭子。他说：苦瓜对人体最大的好处，就是去火明目。说及"去火"，毛泽东说：人吃五谷杂粮，难免上火。有时气也上火，这叫虚火。这种人吃点苦瓜很有必要。我这个人也爱上火，不如主动去吃，免得火气太大。火气大，不是伤人，就是伤己噢！接着，他又这样说及"明目"：至于明目，更是它的大好处。我现在有点老眼昏花了，时时吃一点，免得看不清事理噢！

毛泽东时常语出惊人。他身边的工作人员说：和主席在一起，既学知识，又长见识。确实，一道普普通通的"苦瓜炒鸭子"，放到毛泽东的餐桌上，既有饮食养生的医学知识，又有饮食文化的真知灼见，还有不失幽默的自我反省。

图2-20-2　苦瓜

苦瓜，原产于印度尼西亚，约宋代时传入我国。其味苦性凉，爽口不腻，食后顿感凉爽舒适。它含有丰富的营养成分，如蛋白质、脂肪、碳水化合物、维生素等，在瓜类蔬菜中含量较高，特别是维生素 C 的含量，居瓜类之冠，苦瓜的食疗作用明显。

李时珍称它苦、寒、无毒，具有解劳乏，清热去火，清心明目，益气壮阳之功。现代研究发现，苦瓜中含有类似胰岛素的物质，具有降低血糖的功效。

# 最为鲜美是芹菜

　　传说清康熙年间，康熙帝在享用新泰名公芹菜时，龙颜大悦，赞不绝口，当即挥笔写下了"生猛海鲜，不如名公的芹菜鲜，山珍海味，不如名公的芹菜符合朕口味"的词句。

　　自此，康熙对名公芹菜情有独钟。且说康熙帝的宜妃到了晚年，患上了高血压和脑血管疾病，为治其疾病，御厨每天用粳米100克煮粥，将熟时加入洗净切碎的芹菜150克同煮，让宜妃娘娘享用。不到半年，宜妃娘娘的高血压明显好转。于是宜妃娘娘便在文武大臣面前又大发陈词："烟台的苹果，莱芜的姜，谁也比不上名公村的芹菜香。"名公芹菜由此在民间广为流传。

图2-21-1　芹菜粥

图2-21-2　芹菜

# 皇帝赐名第一羹

"天下第一羹"又名雉羹，是江苏徐州传统的汉族名点，相传乾隆皇帝南巡路过徐州，品尝雉羹，感觉味道鲜美无比，因而赐名"天下第一羹"。雉羹相传是4000多年前彭祖所创，彭祖精于养生，以享寿八百多岁著称，并善于烹调，是我国烹饪始祖，他把自己创制的雉羹献给尧帝，治好了尧帝的重病，受尧帝封赏，到徐州一带建国称王。

图2-22-1　鸡汤

野鸡肉的钙、磷、铁含量较一般禽类高很多，并且富含蛋白质、氨基酸，对贫血患者、体质虚弱的人是很好的食疗补品。野鸡肉还有健脾养胃、增进食欲、止泻的功效。"天下第一羹"以野鸡配薏苡仁、香菇及冬笋等炖酥，汤汁醇浓，色白如乳，汤菜和六丝各色各味，鲜香中见酸辣，腻滑中有脆嫩，是色、味俱佳并带有滋补养身功效的羹肴。但因为历代捕杀过度，现在的野鸡为保护动物，擅自捕捉是违法行为，此药膳只能留在书中了。

# 干菜焖肉多煮饭

清乾隆年间出版的《本草纲目拾遗》一书记载了杭州冬季腌菜的习俗，指出："至春分后，天渐暖，菜渐变至黑色，味苦不堪食，以之晒作干，饭锅上蒸黑，再晒再蒸，如此数次，曝之极燥，贮缶器中，可久藏不坏，名曰霉干菜，即干冬菜也。年久者，出之颇香烈开胃，噤口痢及产褥，以之下粥，大有补益。"

图2-23-1 干菜蒸肉

图2-23-2 干菜

干菜焖肉，本是绍兴地区的妇女常年必备的家常菜。民国初年，经餐馆的厨师改良后，精选上好的带皮肋条肉，加酱油、八角、桂皮、清水，以旺火略煮；接着放入白糖，改用中火烧至卤汁收干，拣去八角、桂皮，扣入霉干菜垫底的碗内，倾入绍兴酒，然后上蒸笼旺火蒸透即成。干菜乌黑，鲜嫩清香，略带甜味，健脾开胃，增进食欲；猪肉红亮，肉糯汁黏，咸鲜甘美，可滋阴调理。

干菜焖肉，作为绍兴地区传统的大众菜肴，别具一格，咸鲜味美，香气浓郁，油润不腻，吸引了大批食客。

# 皇家御膳西瓜盅

　　慈禧太后处于清代统治的权力中心，实际统治中国达半个世纪之久，平常的脑力消耗自然不少，因此她十分喜好用各种坚果来补脑。在慈禧太后最喜欢吃的菜肴中，有一道用核桃、松子等各种坚果和鸡肉为原料蒸制的菜肴，这就是"西瓜盅"。慈禧太后晚年，消化功能有所减弱，因此十分喜欢酥香软烂的食物，上文所记的"西瓜盅"烹制得就十分酥烂。核桃、松子、榛子、杏仁等坚果不仅富含油脂和蛋白质，而且含有丰富的维生素和多种对人体有益的钾、磷、钙、铁等元素，对于脑力劳动者而言，常食坚果尤其有益，能起到一定的补脑益智的效果。

图2-24-1　坚果

　　西瓜盅的制法：取一个大小适中的西瓜，挖去瓜瓤，做成西瓜盅。将5两鸡脯和2两熟火腿均切成小块，新鲜莲子1两去皮去心，然后同龙眼肉1两、核桃仁1两、松子仁1两、杏仁1两、鲜榛子仁1两分别用沸水焯透，再分别用水漂洗干净，装入西瓜盅内。另用一容器，放入 1.5 斤的鸡汤，调入适量的葱姜汁、料酒、精盐，搅匀，倒入西瓜盅内。再将西瓜盅放入一个小瓷罐内，周围添些清水，水的高度为西瓜的一半，将小瓷罐放进小蒸锅中，盖上蒸锅盖。先用旺火将西瓜盅内的汤烧沸，然后用小火慢蒸约 4 小时。这样做成的西瓜盅汤鲜料烂，鲜美醇香，乃上乘的补脑益寿菜肴。

图2-24-2　西瓜

# 东坡妙方祛痔疮

　　俗话说"十人九痔"，无论古代还是现代社会，痔疮的发病率都很高。苏东坡是唐宋八大家之一，不但精于诗词，而且对医术颇有研究。一次，苏东坡的痔疮复发，不得不休粮断酒肉，忌酱菜盐酪好几天，可是一点也不见好转。于是他查阅许多医书药典，对着痔疮症状自制了芝麻茯苓面，食用后疗效甚好。

　　苏东坡在《与程正辅书》中记述了这一治疗痔疮方法："黑芝麻去皮，九蒸晒，茯苓去皮，入少白蜜为面。食之甚美，如此服食多日，气力不衰，而痔减退。""只吃此面，不消别药，百病自去，此长年真诀也。"可见，芝麻茯苓面，不仅可治痔疮，还能祛百病，使人延年益寿。为什么此面有如此功效呢？

图2-25-1　芝麻

中医认为，芝麻味甘，性平，归肝、肾、大肠经，可益精血、补肝肾、润肠燥。可用于治疗耳鸣耳聋、头晕眼花、须发早白、病后脱发、肠燥便秘等病症。关于茯苓，唐代大医学家孙思邈评价茯苓为"茯苓久服百病除"。茯苓味甘淡，性平，可益脾安神、利水渗湿，主治心悸失眠、脾虚泄泻、小便不利、水肿等症。

苏东坡采用芝麻茯苓面治痔疮的方法，距今已有900多年，至今民间仍沿用此法治痔疮。服用方法：把炒熟的黑芝麻碾碎，与茯苓粉混合，日服用20克即可。

# 七月十四喝豆浆

　　明朝末年，清兵大举进犯，把松江城团团包围。当时的松江知府李待问，亲自带兵固守松江城，一守就是几个月。松江城内无粮草，外无援兵，形势十分严峻。到了农历七月十四这天，清兵将领梁化凤又来攻城，李待问料知难以抵挡，把城里仅有的一点黄豆磨成豆浆，让士兵百姓喝豆浆充饥，而后分散出城，以减少伤亡。他自己独自坐在知府大堂上，在案桌上写下了遗书，要清兵少掳少杀，爱护百姓，写完就在案桌边自刎了。

　　从此，松江城里的百姓，每年农历七月十四日，就自发地形成了磨黄豆、喝豆浆的习惯，以表示对李待问的深切怀念。据说，那天喝了豆浆，就会眼目清亮呢！豆浆性质平和，有补虚润燥、清肺化痰之功；喝豆浆好处多多，春秋饮豆浆，滋阴润燥，调和阴阳；夏饮豆浆，消热防暑，生津解渴；冬饮豆浆，祛寒暖胃，滋养进补。

图2-26-1　豆浆

# 孙氏巧治脚气病

相传，唐朝时长安城内有几个富翁身患一种奇怪的疾病，只见脚胫日趋浮肿，浑身肌肉酸痛麻木，身倦乏力，众医诊治均束手无策，于是请孙思邈诊治，服药后仍不见转机，孙思邈由于难解其谜，终日甚感不安。

图2-27-1　孙思邈像

有一天，严太守也患此病，请孙思邈治疗。为了查明病因，孙思邈住进府中仔细观察了十几天。只见严太守的贴身家童也同样精神萎靡不振，下肢浮肿，只是比严太守轻些。孙思邈仍百思不得其解，又到厨房内调查，厨师说严太守不喜欢大鱼大肉，但对粮食精制特别讲究，派人将米面反复加工精碾细磨后才作为主粮食品。

随后孙思邈又去拜访了其他几位同样症状的富翁，发现都有同样的习惯。孙思邈立即建议严太守将每日主食全改成粗粮糙米，并且将一些细谷糠、麦麸皮煎水服用，半月之后，病人精神好转，浮肿全消退了。

　　孙思邈终于将谜揭穿，他用食疗方法成功治愈了因精粮引起的"脚气病"。在他潜心编写的医学巨著《备急千金要方》和《千金翼方》中，有详细的记载。

图2-27-2　小麦

图2-27-3　五谷杂粮

# 巧用赤豆消痄腮

赤小豆，是药食两用的佳品，具有很好的利水除湿和消肿解毒作用，可治水肿、黄疸、流行性腮腺炎等多种疾病。据说宋仁宗赵祯患了痄腮，便是用赤小豆医好的。

相传北宋年间，宋仁宗赵祯突然两腮肿胀，隐隐作痛，御医治疗数日也不见好转，后来京城来了一位医家，声称能治此病，于是备上赤小豆磨成的粉末，进宫后加蛋清调成糊，敷在赵祯患处，每日 1 剂。不几日，赵祯的病就痊愈了。

赤小豆，是药食两用佳品，具有利水除湿、消肿解毒、和血排脓等功效，可治水肿、黄疸、流行性腮腺炎、乳汁不通等多种疾病。赤小豆，用处大，巧用百病消。

图2-28-1　赤小豆

# 济世良谷是绿豆

名医万密斋一次出诊经过一个偏僻的山村，遇见一位上吐下泻的青年。村子方圆20里都没有药店，可病人病势危急万分，怎么办？正束手无策的时候，万密斋看见一个妇女拿着一盆绿豆从门前走过，他灵机一动：绿豆清热解毒，不就是一味最好的灵丹妙药？随即拿过叫病家迅速煎煮了一锅绿豆汤。病人连续不停地喝完绿豆汤，一场危急重症也奇迹般地康复了。

绿豆又叫小青豆，味甘，性寒，功能消暑止渴，清热除烦，李时珍称其能"解诸热益气，解酒食诸毒……水调服，解诸菌毒"。故用绿豆汤，既清热解毒，又能清热解暑。常吃绿豆，还可降血压，清心火，利小便，故被李时珍称为"济世良谷"。绿豆的营养价值很高，其食用价值堪称谷豆中的佼佼者。平时家中也可经常煮一些绿豆粥喝，清热解毒。

图2-29-1　绿豆　　　　　　　　　　图2-29-2　绿豆粥

# 后宫佳丽养生粥

　　"年年岁岁花相似，岁岁年年人不同"。在后宫里，太后、皇后、妃嫔，后宫佳丽们拥有华丽的服饰，金光灿灿的首饰，但是这些都是外在的，想要抵挡岁月的痕迹，保持姣好美丽的容颜，内在美才是最重要的。故各朝各代嫔妃们的必备养生粥是"四红补血粥"。保健美容养颜之品才是后宫最流行的饮食。

　　女人都希望自己有好气色，皮肤光泽红润，补血是基础，如果女性贫血，气色自然不好，女性补血可多吃以下四种红色食物。

图2-30-1　四红补血粥

图2-30-2　糖

　　红豆含有多种维生素和微量元素，尤其是铁和维生素 $B_{12}$，有很好的补血和促进血液循环功能，经期时间长、血量大的人可以多吃，孕妇多吃红豆还能催奶。红枣养胃、安神，特别是鲜枣，含丰富的维生素 C 以及钙、铁，中年女性骨质疏松较严重，多吃红枣可改善。红糖具有活血散寒、补血益气的功效。中医处方中，红糖是最好的药引子，60 克红糖、6 克大枣加上 15 克老姜煮成水，代替茶饮，对月经不调、闭经等妇科疾病具有很好的疗效。做法特别简单：将所有原材料洗干净，红豆和紫米提前 3 ～ 4 小时浸泡，锅中加水，放入全体原料，水开后转中小火煮 50 分钟即可。

图2-30-3　大枣

图2-30-4　紫米

# 三、茶饮养生

# 神农觅茶始源头

神农氏，是中国上古时期姜姓部落的首领，称炎帝。为了部族人的健康长寿，他离开了居所，去寻找能为大家解除病痛的药物。在无数个日子里，他翻过了一座又一座高山，趟过了一条又一条大河，尝遍山中及河岸的每种野草，找到了不少能够医治病痛的植物。

图3-1-1　神农氏

有一天，神农在野外以釜锅煮水时，刚好有几片叶子飘进锅中，煮好的水，其色微黄，喝入口中生津止渴、提神醒脑。

另有传说是神农一生下来就是个"水晶肚子"，五脏六腑全都能看得一清二楚。有一次神农尝了一片小嫩叶，这叶片一落进肚里，就在肚内到处流动，上上下下地把里面各器官擦洗得清清爽爽，像巡查似的，神农叫它"查"，这就是后人所称的"茶"。在之后神农的寻药之路上，每一次感觉自己中毒的时候，都会含服几片"茶"叶，毒竟慢慢解掉了。这就是关于茶的最早传说。

# 公主嫁藏播茶种

唐朝时文成公主远嫁吐蕃，促进了汉藏两个民族之间的友好和经济文化交流。由于文成公主爱饮茶，嫁妆里自然也少不了茶叶，茶文化也随之传入西藏，由于吐蕃人的食物以肉类为主，而茶饮恰有止渴生津、解油腻之功效，故在当时的僧侣和贵族间盛行，因此开始了两地的茶马交易。

相传，文成公主刚嫁到吐蕃，适应不了高原干冷的气候环境，对每餐肉多乳多的饮食很不习惯，她便尝试在煮茶时，加入酥油、盐、松子等，逐渐演化成了现在的酥油茶。文成公主还经常把茶赐予臣民，使得越来越多的藏民感受到茶水清幽的口感和清脑提神的功效。

文成公主将茶叶带到吐蕃，对当地的饮食习惯影响颇深，从而产生了藏人"宁可三日无油盐，不可一日不喝茶"的民俗。现在只要你来到西藏，在任何一个藏民家，都会看到一套专门的打酥油茶的长筒，都会见到一套精美的茶具，好客的主人会端上香喷喷的酥油茶及香脆的糌粑饼，也许在品尝酥油茶之余，还会听到人们满怀深情地讲文成公主喝酥油茶的故事。

图3-2-1　茶饮

# 神机诸葛茶病愈

位于川陕交界的陕西勉县小河庙乡，有一座三圣庙，供奉的是诸葛亮、陆羽和药王孙思邈三位圣人。这个茶乡的老百姓将这三位不同朝代、似乎毫不相干却与茶密切相关的圣人供奉在一座庙里，其中的深意却显而易见，那就是当地人饮水思源，把诸葛亮当作三国时代的茶祖供奉。

据史料记载，诸葛亮南征时曾给西南少数民族带去了多种农作物种子及种植技术，其中包括茶叶。茶叶的除湿排毒、降火祛寒、健脾和胃等保健治疗功效很快为人们所了解和认同，种茶、吃茶、饮茶之风迅速兴起。当年，诸葛亮患了一种肺病，在睡梦中，诸葛亮梦见一位老人告诉他，可以用小河庙的老茶树叶做药引，进行治疗。殊不知，喝了茶叶后，诸葛亮的肺病痊愈了。后来，诸葛亮为了感谢神明指点迷津，在茶山设坛祭拜，推广茶叶种植，弘扬茶道精神。如今，陕西勉县的茶山还遗存着几棵当年诸葛亮拜祭过的千年古茶树。

图3-3-1 茶

# 徽宗嗜茶喜文会

《大观茶论》为北宋第八代皇帝宋徽宗赵佶所著的关于茶的专论，全书对北宋时期蒸青团茶的产地、采制、烹试、品质、斗茶风尚等均有详细记述。

作为一个皇帝，宋徽宗无疑是失败的，他治国无方，信任奸佞，但作为一个艺术家，他精通书画，对茶艺也颇有研究。在《大观茶论》中，他称茶吸收了山川日月之灵性，可舒展人的胸怀，洗涤人的烦滞，能令人在杯盏之中感受到清爽和芬芳。

这位"爱茶帝"，不但爱茶、斗茶，还把茶元素融进了他以工细彩墨为主、自成一体的"院体"绘画中，这在对茶刻画得细致入微的《文会图》中就可见一斑。赵佶在《文会图》中用力勾勒的正是自己心中明净的理想世界：且饮，且谈，不问朝政大事。这也反映了当时爱茶、斗茶之风盛行的社会风气。

图3-4-1　茶道

图3-4-2　采茶

# 茶圣陆羽著《茶经》

陆羽，又号"茶山御史"，是唐代著名的茶学家，被誉为"茶仙"，尊为"茶圣"。陆羽一生嗜茶，精于茶道，以著成世界上第一部茶叶专著——《茶经》而闻名于世。

陆羽所著的《茶经》从十大方面入手，全面系统地论述了茶的起源、形状、功效，采制茶叶的工具，茶叶的种类、采制方法，烹茶的技术，饮茶的用具，烹茶用的燃料与水，饮茶的掌故、药方，茶叶的产地与质量高低优劣等。

书中也大篇幅地从茶的品种、冲泡方法、作用功效等方面，论述了茶饮养生之道。把我国的茶学文化、茶学养生文化推向了一个前所未有的高峰，为世界茶业做出了卓越贡献。

图3-5-1　大唐贡茶院的陆羽雕塑

图3-5-2　陆羽《茶经》

# 乾隆恩钦 "三清茶"

清代乾隆皇帝弘历，当政六十年，终年八十九岁。民间流传着很多关于乾隆与茶的故事，涉及种茶、饮茶、取水、茶名、茶诗等与茶相关的方方面面。

乾隆皇帝在每年正月初二到初十之间的某个佳日里总会举办茶宴，十八到二十八个具有文才的重臣蒙君恩钦召前往重华宫，一边啜茶，一边联句赋诗。清宫茶宴以优雅取胜，没有酒肉，只有一款茶饮，最妙的是，君臣诗人一起啜尝的乃是乾隆亲自调配的 "三清茶"。此茶是以鲜梅花瓣作为主料，同时辅以佛手、松子。品尝后梅花香息，疏肝健脾，一时传为佳话。

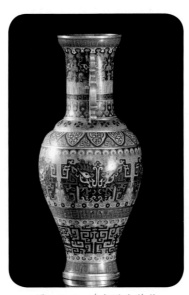

图3-6-1　清朝时期茶盏

# 王安石饮阳羡茶

王安石与苏轼同为唐宋八大家之一，王安石老年患了痰火之症，御医让王安石常饮阳羡茶，并嘱咐他须用长江瞿塘峡的水来煎烹。王安石得知苏轼将赴黄州，途中会路过三峡，就慎重相托于苏轼，嘱其携带长江瞿塘峡的水归来。

几个月后，苏轼返程，在船经过瞿塘中峡时打了一会儿瞌睡，等一觉醒来，船已到了下峡，只得赶紧在下峡舀了一瓮水。

待苏轼将水送到王府时，王安石大喜，邀苏轼一起细细品饮。品了第一口后，王安石问苏轼："此水取自何处？"苏轼答："瞿塘峡。"王又问："可是中峡？"苏轼强答道："正是中峡。"王安石摇头道："非也，此乃下峡之水，《水经补论》上说，上峡水性太急，味浓，下峡之水太缓，味淡。唯中峡之水缓急相半，浓淡相宜，故中峡之水，具去痰疗疾之功。此水，茶色迟起而味淡，故知为下峡之水。"苏轼听了王安石的话，既惭愧，又满心折服，连声谢罪致歉。

图3-7-1　三峡

# 洞庭问绿碧螺春

碧螺春是中国十大名茶之一，属于绿茶，产于江苏省苏州市太湖洞庭山。

碧螺春的传说与一位叫碧螺的美丽姑娘有关。相传，住在洞庭山的碧螺姑娘与一位叫阿祥的小伙子相爱。阿祥得了一种怪病，为了医治好阿祥的病，她每天都要上山采药，一天采药时，碧螺不小心被一棵茶树划伤了胸口，流出的鲜血溅到了树枝上面。第二天，碧螺发现昨天那棵溅上鲜血的茶树长出了只有在春天才可见到的嫩芽。碧螺采摘了一把嫩芽，回家泡给阿祥喝，阿祥的病情居然见好了。可是，茶树的嫩芽很快就被摘光了，于是，碧螺再次将胸口划破，将血滴到茶树上，茶树又结出嫩芽。阿祥终于得救了，可碧螺却再也支撑不住，倒在阿祥怀里，闭上了眼睛。阿祥悲痛欲绝，就把碧螺埋在洞庭山的茶树旁。

图3-8-1　太湖洞庭山

来年的春天，这株神奇的茶树又发出了嫩绿的嫩芽，用这些嫩芽制成的茶叶清香可口，让人饮后终生难忘。为了纪念碧螺姑娘，人们就把这种名贵茶叶取名为"碧螺春"。

图3-8-2　碧螺春

# 四、水果养生

　　人类祖先以狩猎为主，但是狩猎获得的食物非常有限，因此人类开始采食树上的水果。渐渐地水果在人类饮食中占据了一个重要的位置，不仅能填饱肚子，而且美味、富有营养，甚至可以用来治疗某些疾病。著名医家李时珍有云："世间百果，所以养人，非欲害人。"从古至今，通过吃水果来养生都是人们津津乐道的一个话题，但是怎样健康地吃水果、何时吃什么样的水果，可是有很大讲究的。

# 智慧之果是香蕉

传说佛教始祖释迦牟尼由于吃了香蕉而获得了智慧，由于释迦牟尼先天有佛缘，出生后不吃油腻东西，也不吃五谷粮食，而是以水果为主食，尤其特别喜爱芭蕉。释迦牟尼修成正果得道后，成为万人尊敬的佛祖，因他先天具有广博的智慧，所以香蕉被誉为"智慧之果"。

图4-1-1　香蕉

《本草求原》中有："香蕉，止渴润肺解酒，清脾滑肠。"适宜大便干燥难解，痔疮，肛门裂，大便带血之人食用；适宜癌症病人及放疗、化疗后食用；适宜上消化道溃疡之人食用；适宜高血压、冠心病、动脉硬化者食用。它所含的丰富的钾元素能帮助人伸展腿部肌肉和预防腿抽筋，使腿部不适得到缓解。不可否认香蕉的营养价值，但是空腹时一定不能吃香蕉，对身体健康非常不利。

# 曹孟德望梅止渴

话说曹操率兵伐张绣，天气出奇的热。到了中午时分，士兵的衣服都湿透了，行军的速度也慢了下来，有几个体弱的士兵还晕倒在路边。曹操看行军速度越来越慢，担心贻误战机，心里很是着急。他看了看前边的树林，沉思片刻后，只见他一夹马肚子，快速赶到队伍前面，用马鞭指着前方说："士兵们，我知道前面有一大片梅林，那里的梅子又大又好吃，我们快点赶路，绕过这个山丘就到梅林了！"士兵们一听，口里顿时感到酸溜溜的，仿佛梅子已经吃到嘴里，于是精神大振，步伐不由得加快了许多。于是便有了成语"望梅止渴"。

杨梅滋味甜酸适口，老幼爱食。其果肉含糖分，性平味甘，有生津止渴、解暑止呕、消食开胃和清肺润喉等功效。《本草纲目》中记载杨梅"止渴，和五脏，能涤肠胃，除烦溃恶气"。

图4-2-1　望梅止渴

# 冬春橄榄赛人参

相传古时有一位名医，一天，有个叫黄三的人来看病，他说："吾黄胖、懒惰、贫寒，望能妙手医治。"医生说："橄榄味甘酸，性平，入脾、胃、肺经，有清热解毒、利咽化痰、生津止渴、除烦醒酒、化刺除鲠之功。从明天开始，你每日饮橄榄茶，然后拾起橄榄核，回家种植，待其成林结果，再来找我。"黄三遵嘱，细心护林。几年过去了，橄榄由苗而树，开花结果，黄三终于变得勤快起来了，人也长得壮实了，可他仍然很穷，便去找老中医。医生笑曰："你已没了黄胖、懒惰之症了，你且回去，从明天起，你不再贫穷了。"次日，果然有不少人前来向黄三买橄榄，从此，顾客陆续不断，黄三也就不再贫穷了。

橄榄营养丰富，果肉内含蛋白质、碳水化合物、脂肪、维生素 C 以及钙，其中维生素 C 的含量是苹果的 10 倍，梨、桃的 5 倍，含钙量也很高，且易被人体吸收，尤适用于妇女、儿童食用。冬春季节，每日嚼食 2 ～ 3 枚鲜橄榄，可预防上呼吸道感染，故民间有"冬春橄榄赛人参"之誉。

图4-3-1 橄榄

# 开窍定神桂圆汤

《红楼梦》第116回写道，经过抄家之后，宁荣两府已经败落。某日，丢失了的通灵宝玉由和尚送到贾府，宝玉的病情渐渐好了起来。待宝玉要坐起时，麝月上前道："真是宝贝！才看见了一会儿，就好了，亏的当初没有砸坏！"宝玉听了这话，神色一变，把玉一撂，身子往后一仰，复又死去。

图4-4-1　桂圆

此时王夫人叫人端了桂圆汤，宝玉喝了几口，渐渐地定了神。后来又连日服桂圆汤，一天好似一天，渐渐地恢复起来。桂圆性温，能益心脾，补心血，宁心安神。常用以治疗虚劳羸弱、失眠健忘、惊悸、怔忡等症。《神农本草经》写道：桂圆"主五脏邪气，安志……，久服强魂魄，聪明"。

图4-4-2　红枣桂圆水

# 一骑红尘妃子笑

"一骑红尘妃子笑，无人知是荔枝来。"《新唐书·玄宗贵妃杨氏传》也记载："妃嗜荔枝，必欲生致之，乃置驿传送，走数千里，味未变已至京师。"杨贵妃在百果之中独爱荔枝。杨贵妃看中的，是荔枝的排毒养颜功效。荔枝中含有丰富的糖分，具有补充能量、增加营养的作用，吃了荔枝，不仅可以令肌肤丰泽，而且还能发汗排毒，这既可以迎合"以胖为美"的时尚，又可以把体内毒素排出，真是两全其美。更重要的是，荔枝拥有丰富的维生素，可促进微细血管的血液循环，防止雀斑的肆意萌生，并能让皮肤光滑，这对塑造美体是至关重要的。荔枝还能消除口臭，是色香味形均好的果中珍品。荔枝因其结果时，其枝弱反蒂固，不可摘取，只能劙而得名。汉时就被视为"草绝类而无俦，超众果而独贵"的珍品。

图4-5-1 荔枝

# 清宫御茶酸梅汤

酸梅汤已有千年的厚重历史，它是我国最古老的传统饮料之一。商周时期，我们的祖先就已经知道用梅子提取酸味作为饮料。现在我们喝的酸梅汤配方源于清宫御茶坊。清朝时，酸梅汤风行于宫闱，其中特别受到乾隆皇帝的喜爱。

御茶坊调制出了能替代酸汤子的饮品——酸梅汤，其配方为：去油解腻的乌梅，化痰散瘀的桂花，清热解毒、滋养肌肤的甘草，降脂降压的山楂，益气润肺的冰糖，一并熬制。酸梅汤不但去油解腻，还富含有机酸、枸橼酸、维生素 $B_2$ 和粗纤维等营养元素。酸梅汤一问世，就得到了乾隆皇帝的喜爱。据说乾隆皇帝茶余饭后都喝酸梅汤。

无论史料记载还是宫廷画家的影像记录都表明乾隆皇帝一生都是一副清瘦的身材，并没有大腹便便，且瘦而有神，而这就与酸梅汤有密切的关系。后来，清宫都兴喝酸梅汤。

图4-6-1　酸梅汤

图4-6-2　乌梅

# 秘制川贝雪梨汁

相传唐朝贞观年间，宰相魏征的母亲患伤风咳嗽，因忙于处理家庭的事宜，也就没太在意，没能及时地治疗，时间久了，咳嗽反复发作，就转为了气管炎。老太太儿时身体一直不好，常年吃汤药，现在特别害怕喝汤药，以致病情日益加重。宫廷御医采用梨汁配川贝母熬成梨膏。梨，味甘、微酸、性凉，生津润燥，清热化痰。《本草纲目》认为其"生者清六腑之热，熟者滋五脏之阴"。取梨汁浓缩成膏，加姜汁、蜂蜜同食，治疗外感风寒；或用梨去核，填入川贝母蒸食，治肺热咳嗽痰黄稠。味道清香可口，入口香醇，并且克服了中草药的苦味，老太太甚是喜爱，早中晚一天三次，很快就见效了。此后，宫廷的官员也学习仿制，梨膏便成为显赫的宫廷秘方。

图4-7-1　川贝雪梨汁

梨有"百果之宗"的声誉。古代视梨为上品，其大如拳，甘如蜜，脆如菱，柔软多汁，果肉细嫩，香浓扑鼻，沁人心脾，望之使人生津，食之酸甜适中，脆甜可口，尤胜诸果，深受人们喜爱。梨子有"药中圣醍醐，果中干露子"的美誉。经常食用梨，能防治口舌生疮，咽喉肿痛，保护滋润嗓子，达到生津止渴的作用，尤其是饭后吃些鲜梨，可通过细嚼慢咽，像无数排毛刷一样，洗刷牙面，按摩牙龈，不仅可排除牙缝中的食物残渣，还可防止牙石引起的牙龈充血，萎缩，改善口腔末梢血液循环，尤其对胃火上炎所引起的牙床红肿和疼痛有辅助治疗作用。故谚语说："睡前吃梨除口臭，晨起嚼梨洁白牙。"

图4-7-2　梨汁

# 灵橘无根井有泉

橘子气味芬芳，香味浓郁，甜润脆嫩，味道鲜美，令人垂涎。若身临果林，使人心旷神怡，口角生津，并且橘子营养丰富，古人称之为金实玉质，深受人们喜爱。人们赞誉橘"味悦入口，色悦入目，气悦入鼻，誉悦人耳"，色香味形俱全。

葛洪《神仙传》中记载，汉文帝时期，苏耽，号称苏仙公，早年丧父，事母至孝，一日，苏耽对母亲说："吾当受命仙箓，不能常侍。"母亲问："你走了，叫我怎么生活下去。"苏耽取出两只盘子交给母亲说："欲饮食，扣小盘，要钱帛，扣大盘。"临行时又告诉母亲，明年天下有大疫，我家庭院中的井水和井边的橘树可以救治，用井水一升，煎煮橘叶一片，可治病人，饮之立愈。第二年，果然有大疫流行，远近病者均来求苏母救治，苏母皆以井水和橘叶治之，服之者，皆应手而愈，于是橘叶、井泉治病之说不胫而走，从此医学史上就留下了"橘井"这个典故，并与"杏林"相媲美。"橘井飘香""杏林春暖"成为医林的千古佳话。

图4-8-1　橘子

# 董奉栽杏做医酬

董奉与仲景、华佗齐名，号称"建安三神医"。董奉曾长期隐居，热忱为山民诊病疗疾。他在行医时从不索取酬金，每当治好一个重病患者，就让病家在山坡上栽五棵杏树；看好一个轻病，只需栽一棵杏树。所以四面八方闻讯前来求治的病人云集，而董奉均以栽杏作为医酬。

图4-9-1 杏林之春

几年之后，庐山一带的杏林多达十万株之多。杏子成熟后，董奉又将杏子变卖换成粮食用来救助庐山贫苦百姓和南来北往的饥民，一年之中救助的百姓多达二万余人。后来流传有老虎镇守杏林，以防有人偷杏子，想吃杏者只能以米谷换取，而董奉则把换来的谷米用来救济贫民，故又有"虎守杏林"之说。正是由于董奉行医济世的高尚品德，赢得了百姓的普遍敬仰。庐山一带的百姓在董奉去世后，便在杏林中设坛祭祀这位仁慈的医生。后来人们又在董奉隐居的地方修建了杏坛、真人坛、报仙坛，以纪念董奉。如此一来，"杏林"一词便渐渐成为医家的专用名词，人们喜用"杏林春暖""誉满杏林"这类话语来赞美像董奉一样具有高尚医风的苍生大医。

杏，味酸、甘，温。能生津止渴，止咳定喘。鲜食可治胃阴不足，口渴咽干，肺经燥热，咳嗽上气。据研究，杏子含有维生素 A，也是维生素 $B_{17}$ 含量最丰富的果品，而维生素 $B_{17}$ 是极为有效的抗癌物质，对癌细胞具有杀灭作用。但杏偏热，不可多食，易致痈疮膈热。多食还会引动宿疾，生痰热。

图4-9-2　杏子

# 狼桃变身"金苹果"

西红柿原产于南美洲，叶的气味难闻，被人称为有毒的果，并取名"狼桃"，人们敬而远之。传说一位姑娘失恋后，痛不欲生，又患贫血头痛，她狠心摘下几个又大又红的"狼桃"吃下等死，可她不但没死，反觉舒适，能吃能睡。但因消息闭塞，终没能传开。

图4-10-1 西红柿

16世纪，美国一贵族去南美旅行，看到这圆润可爱的西红柿，摘下几个带给女王，从此西红柿在皇家花园落户，供人观赏，但人们仍不敢吃。18世纪，法国有位画家被困在南美森林中，耐不住饥饿，冒死品尝了"毒果"，并依靠它走出了森林，从此揭开了西红柿无毒且美味的奥秘，并称其为"金苹果"。

图4-10-2 西红柿和圣女果

　　中医很早就把西红柿当成药食俱佳之品。《陆川本草》中说它："甘酸，微寒。生津止渴，健胃消食。治口渴，食欲不振。"西红柿含有94%左右的水分，丰富的胡萝卜素、番茄红素，它有助消化和利尿的功效，常吃西红柿，对肾脏病患者也很有益处。

# 葡萄美酒夜光杯

"葡萄美酒夜光杯，欲饮琵琶马上催"。自古以来，葡萄酒就是达官贵人、贤人骚客的最爱。

历史学家一般认为葡萄酒最早来源于波斯。相传由一位喜欢吃葡萄的波斯国王，无意中将葡萄藏起来酿成了饮料而成。然后逐渐传到了叙利亚、以色列、法国、意大利等国家。

中国在西汉时期，中原地区的农民引入亚欧葡萄品种，招揽酿酒艺人，发展开来。最初只有贵族才有资格饮用葡萄酒，平民没有口福。唐太宗时期，平定高昌，获得大量优质葡萄品种，太宗改良酿酒方法，大力推广。

图4-11-1　葡萄酒

康熙是一位热衷于饮用葡萄酒的皇帝。这是在一次他得了重病疟疾之后，几位西洋传教士向皇帝建议，为了恢复健康，最好每天喝一杯葡萄酒，皇帝保持这个喝葡萄酒的习惯一直到去世。康熙在位 61 年，是中国历史上在位时间最长的皇帝。康熙皇帝把"上品葡萄酒"比作"人乳"，因此他养成了经常饮用葡萄酒的习惯。1714年，在发生著名的"礼仪之争"之后，除了耶稣会以外，其他的传教士都被赶出中国，造成葡萄酒短缺，康熙特命人们在全国四处寻找葡萄酒。根据研究考证，最早向康熙敬献葡萄酒的是法国耶稣会的传教士们，其中中文名叫李明的传教士来自波尔多地区，因此可以推断向皇帝敬献的葡萄酒中有波尔多葡萄酒。

葡萄，味甘，微酸，性平。能补肝肾，益气血，生津液，利小便。《随息居饮食谱》认为：葡萄主"滋养强壮，补血，强心利尿。治腰痛，胃痛，精神疲倦，血虚心跳"。葡萄虽然营养丰富，但由于果实偏酸，酸能收敛，故老年人和大便秘结者应少吃为宜。

图4-11-2　葡萄

# 一个榴莲三只鸡

很久以前，有一位长相十分丑陋的国王，而他的王后却是十分美丽迷人。

国王拥有一切，但是他却得不到王后的爱，这让国王十分烦恼。有人告诉国王，有位仙人可以帮助他实现自己的心愿。国王得知后就立刻带人去见仙人，仙人看看国王、王后说："我要白犀牛的奶，恐龙的蛋，还有宓花的蜜。等你拿到这三样东西时再来找我。"

图4-12-1 国王

国王带齐三样东西去见仙人了。仙人看到国王找到了那三样东西，就施法把白犀牛的奶和宓花的蜜贮入恐龙蛋里。接着，仙人把蛋交给国王并对他说："你回去把它埋在院子里，等它长成大树结出果实，你只要摘下一颗拿给你的王后吃，她就会爱上你了。不过，等你举国欢庆时记得要邀请我去！"国王高兴地答应了仙人，带着蛋回国了。

国王把蛋埋下的第二天，它就长成了一棵参天大树，结出了许多果实。国王取下一颗送给了他的王后，果实的外表十分光滑，切开后里面的白色果肉散发出诱人的香气。王后吃下果实后，奇迹发生了：王后立刻爱上了国王。国王高兴地大摆筵席。

当人们沉浸在欢乐中品尝果实时，仙人在远处愤怒地向王城看去，国王忘记了他的承诺。

就这样，仙人施法了。刹那间，漂亮果实的外表长满了刺，而且果肉里还散发着阵阵恶臭，但是吃到嘴里的味道仍然是很好的。后来，人们就称它为"榴莲"。

图4-12-2　榴莲

"一个榴莲三只鸡"，此话一点不夸张。榴莲果肉含有极高的糖分、蛋白质、淀粉、脂肪，维生素 A、B 族维生素、维生素 C，钙、钾等，可以提高人体免疫力，抑癌抗癌。中医认为，经常食用榴莲可以强身健体，健脾补气，补肾壮阳。榴莲性热可以活血散寒，改善腹部寒凉，是寒性体质者的理想补品，但一次不可多吃，因其含有丰富的营养，肠胃无法完全吸收时会上火。患有某些疾病的人食用甚至会引起猝死。

如不慎吃榴莲过量，以致热痰内困，呼吸困难、面红、胃胀，应立即吃几个山竹化解，因为山竹属至寒之物，可克制榴莲之热。只有"水果王后"才能降服"水果之王"。

图4-12-3　山竹

# 苹果关"心"益脾胃

古希腊神话中有个金苹果的故事，讲的是纠纷之神厄里斯在参加一个婚宴之后，扔下一个写有"给最美丽的女神"字样的金苹果，结果在众女神之间引起一场争夺金苹果的纠纷。为此，众神之王宙斯授权帕里斯做裁判，由他将金苹果判给最美丽的女神。为了得到金苹果，众女神纷纷许诺给帕里斯好处，天后许诺让他获得世界上最富有的地方，智慧之神许诺让他成为最有智慧者，爱神许诺让他娶到世界上最美丽的女子为妻。在财富、智慧和美女面前，帕里斯对美女动了心，不顾宙斯确定的裁判准则将金苹果给了爱神，后来爱神真的帮助他从希腊抢到世界上最美的女人海伦。

古代称苹果为"奈"。《本草纲目》以奈作为正名。苹果外形美观，色泽诱人，芳香馥郁，质脆汁多，滋味甘润，削皮后晶莹细腻，食之让人神清气爽，满口生香，久久不散，是营养丰富的大众化水果。苹果最关"心"，能降低心脏病的患病率。苹果很有益于脾胃，既能助消化、益脾，止腹泻，又能通便。

图4-13-1　苹果

苹果有预防和消除疲劳的作用，这是因为苹果中的钾能与体内过剩的钠结合，使之排出体外。妇女有妊娠反应者应吃苹果，不仅能补充热量、维生素等，还能调节水及电解质的平衡，防止频繁呕吐所致的酸中毒。

苹果中的大量苹果酸，可使体内的脂肪分解，防止体胖。在饭前吃苹果，有饱腹感，因而达到减肥的目的。苹果酸还有一种有助于美容的成分，是保持青春的食品。所以常吃苹果可皮肤细嫩红润。

# 翡翠猕猴青春果

李时珍说："猕猴桃其形如梨，其色如桃，而猕猴喜食，故有诸名。"猕猴桃是一种山区野生果实，个大，汁多，味甜美，但过去始终处于野生的地位，一直未受到重视，直到近几十年来才真正得到了发展。猕猴桃既可制成高级饮料，又可作为水果食用，能消除疲劳，增强体力，增进食欲，特别适于野外高原工作者、运动员及病人服用。

图4-14-1　猕猴桃

图4-14-2　猕猴桃汁

猕猴桃生食口感很好，甜酸可口，清香汁多。剥皮后的猕猴桃果肉绿似翡翠很可爱，且容易消化，光滑，富于弹性。猕猴桃被称为"青春果""皮肤果"，可用其预防各种老年性疾病，如高血压、癌症、动脉硬化、冠心病、肝炎等。其抗癌研究已显露可喜的苗头，尤其是猕猴桃对消化道肿瘤的治疗作用。

猕猴桃有清热生津、缓解烦渴的作用，当人们口干舌燥之时，吃几颗猕猴桃顿感滋润心肺，凉爽无比，同时还略能健胃，降逆止呕，下行还能清利膀胱湿热，通利小便，味道甜美，风味独特。

# 艳如桃李如是说

李子和桃子均为蔷薇科植物，它们的花朵均美艳绝伦，故人们常用"艳如桃李"来形容女子的美。食用果品中，桃李子亦多，故又有"桃李满天下"来形容门徒、学生众多，人才出众。

《素问》中有"李味属肝"之说。唐代医家孙思邈指出，肝病宜李，就是说患有肝病的人，适用于李子治疗，其味酸中带甜，清脆可口，不寒不热，有清肝之效，小孩和妇女尤其喜爱食用。在食用方面，李时珍告诉大家："李味酸，其苦涩者不可食，不沉水者有毒，不可食。"

李核仁可治疗脸上黑斑，其方法是，将李核仁去皮研细，以鸡蛋清和成糊状，临睡前涂于患处，次日晨起以浆水洗去，连用 5 天左右。若被蝎、虫螫伤疼痛，也可用李子仁嚼碎涂在疼痛之处，有很好的疗效。

图4-15-1 新鲜李子

图4-15-2 李树

# 五、体育运动养生

    "动则不衰"是我们中华民族养生、健身的传统观点，早在数千年以前，体育运动就已经被作为健身、防病的重要手段之一而广为运用。《吕氏春秋》中说："流水不腐，户枢不蠹，动也形，气亦然，形不动则精不流，精不流则气郁。"这里，用流水和户枢为例，说明运动的益处。我国传统的运动养生法之所以能健身、治病，益寿延年，是因为它有一套较为系统的理论、原则和方法，注重和强调机体内外的协调统一，和谐适度。

# 耍蹴鞠乐以忘忧

刘煓，汉高祖刘邦之父，即太上皇帝刘太公。自汉高祖刘邦建立西汉以后，便把父亲接到宫中居住，结果刘太公整天闷闷不乐，刘邦就非常奇怪，派人去打听原因，后来得知他老父亲甚是喜爱蹴鞠，在家乡楚国丰邑的时候经常跟一群老邻居、老哥们儿一块蹴鞠，来到宫中虽然吃得好、住得好，但是心情比较郁闷。汉高祖刘邦就命人仿照太公的家乡新建了一座新城，把太公的老邻居全都一块儿迁过来，一块儿陪太公蹴鞠，从此以后，太公又高兴起来了。由于时常蹴鞠活动筋骨，刘太公高寿至 75 岁。【注：蹴鞠，即现代足球的古称，中国在 2000 多年前已经有我们自己的足球运动，蹴即为踢，鞠为古代的一种球】

图5-1-1　踢足球

# 溜冰嬉冬练三九

冰嬉，也叫冰戏，是我国北方人民的一项传统体育活动。该运动至清代达到鼎盛，乾隆年间著名的《冰嬉图》就反映了当时冰上运动的盛况。当时皇家每年冬天都要从各地挑选上千名"善走冰"的能手入宫训练，于冬至至"三九"在太液池上（现在北京的北海和中南海）表演。从《冰嬉图》中，可以看出每人表演时要做各种动作：有花样滑冰的大蝎子、金鸡独立、哪吒闹海、双飞燕、千斤坠等，有杂技滑冰的爬竿、翻杠子、飞叉、耍刀、使棒、弄幡以及军训性质的溜冰射箭等。

图5-2-1　滑冰

　　由于皇室的喜爱，冰嬉运动在民间也极为盛行，成为民间一种流行趋势。由于隆冬时河流封冻漕运停驶，那些牵船的船夫为了生计，自制简易冰床在什刹海、二闸、护城河等处做起拖冰床生意。乘冰床是为欣赏什刹海或二闸沿途的冬日冰雪风光。还有人乘冰床从二闸到通州酱园，慕名去购买酱菜、酱豆腐，一时传为趣闻。民间有"夏练三伏，冬练三九"之说，冬季进行冰上运动可以提高肺活量，强健体魄，锻炼爆发力和身体的柔韧性，锻炼耐性。

# 划龙舟强壮体魄

　　龙舟竞渡又称赛龙舟、划龙船、龙船赛会等，是中国历史上一种具有浓郁汉族民俗文化色彩的群众性娱乐活动，而今演变成一项体育项目。

图5-3-1　端午节划龙舟

　　关于龙舟的起源，宋《事物纪原》就记载了两种说法。一种认为在越王勾践时竞渡已成风气；另一种说法是起源于人们飞舟拯救落水的屈原。后一种说法流传最为久远。《荆楚岁时记》中就有对赛龙舟的记载：相传，五月初五爱国诗人屈原投汨罗江自尽，许多人划船追赶援救屈原，他们争先恐后，追至洞庭湖时发现屈原不见踪迹。之后每年五月五日人们划龙舟以纪念之，借划龙舟驱散江中之鱼，以免鱼吃掉屈原的身体。随着时间的推移，赛龙舟逐渐在改变着形式，而今赛龙舟已成为一种有利于增强人民体质，培养勇往直前、坚毅果敢精神的体育运动。

# 放风筝病随风去

"放风筝，送病气""杨柳青，放风筝""风筝入九霄，病气随风消""迎天顺气，拉线凝神，随风送病，百病皆去"，从这些俗语中我们可以看出，放风筝作为一种养生方式在我国古代得到了很大程度的认可。

提到风筝，就不得不提及我国四大名著之一《红楼梦》的作者曹雪芹先生，曹雪芹先生是一个颇有名的"风筝迷"。他不仅爱放风筝，而且是一位扎制风筝的行家。著名的《南鹞北鸢考工志》是一部记录他数十年放风筝和扎制风筝经验体会的专著。

著名作家梁实秋先生也是一个非常喜爱风筝的人。他说："我对风筝有特殊的癖好，从孩提时起直到三四十岁，遇有机会从没有放弃过这一有趣的游戏。"梁实秋高寿 84 岁与其喜爱放风筝作为自己的娱乐项目是密不可分的。放风筝是一件极有趣的事，手里牵着一根线，看风筝冉冉上升，然后停在高空，这时仿佛自己也跟着风筝飞翔，俯瞰尘寰，怡然自得。身背风筝，徒步郊外，沐浴明媚阳光，呼吸清新的空气，使人心旷神怡，神清气爽，气血通畅，这已经取得了养生的第一步效果。

图 5-4-1 　风筝

# 踢毽子舒筋活络

踢毽子，是我国一项流传很广、有着悠久历史的民族体育活动。经常进行这项活动，可以活动筋骨促进健康。在古都北京，踢毽子还有个富有诗意的名字———翔翎。

清末踢毽子达到鼎盛时期，参加的人越来越多，不仅用来锻炼身体，还成了一种养生之道。清代北京人踢毽子多在秋冬之季，以此作为"天寒时消遣之一法"。在《燕京岁时记》中，有说踢毽子"足以活血御寒"，也就是说踢毽有舒通脚部气血、御寒、保暖足底的功效。《帝京岁时纪胜》里有一首童谣："杨柳青，放空钟。杨柳活，抽陀螺。杨柳发，打尜尜。杨柳死，踢毽子。"清·前因居士《日下新讴》里有一首诗："杨柳抽青复陨黄，儿童镇日聚如狂。空钟放罢寒冬近，又见围喧踢毽场。"大意是每当杨柳凋零，天气寒冷的时候，踢毽子就热闹起来了。人们用踢毽子的方法来祛除冬季的寒冷，同时增进彼此的友谊。

图5-5-1 儿童踢毽

# 文娱养生

　　文体娱乐养生，是以陶冶情操，启迪智慧，给人以美的艺术享受的形式而达到养生的目的，是一场精神上的盛宴，是一种有益于身心的健康的养生方式。

# 抚琴高雅悦性情

琴乃高雅之物，抚琴可以表现出生活中丰富的感情，增进对生活的热爱，对于孤独、易被激怒以及抑郁者有很大帮助。

唐玄宗李隆基（685—762年），712年至756年在位，是唐朝在位时间最久的皇帝，他不仅是唐朝的统治者，在音乐方面也有很高的造诣。他创作的霓裳羽衣曲是唐朝大曲中的法曲精品，唐歌舞的集大成之作。直到现在，它仍无愧于音乐史上一颗璀璨的明珠，全曲共36段，由磬、箫、筝、笛等乐器独奏或轮奏。

图5-6-1　古代乐器

# 下棋修身益智慧

　　棋是传统文化修身养性的一块瑰宝。闲静处两人饮茶对弈，对于身心调适，更是别具功效。

　　关于围棋起源有一个传说"尧舜以棋教子"，传说帝尧有一子名考监明，帝尧望子成才，考监明无休止地读书，却没有娱乐时间，后短命夭亡。帝尧中年丧子十分悲伤，后又得一子，名丹朱。帝尧不敢严加管教丹朱，丹朱无拘无束，不爱读书，帝尧也十分苦恼，后有一日帝尧梦中遇仙翁，得到围棋博弈的方法，随后，帝尧将丹朱叫来，说要教给他一种游戏，名叫围棋，只要专心研究，其乐无穷。帝尧一边讲解，一边示范。说也奇怪，自从丹朱学棋后，他那愚顽不化的脾气逐渐被改过来了，人也聪敏起来。

图5-7-1　围棋

# 书法怡情心豁达

汉字书写艺术是中华民族创造的民族智慧，从甲骨文到汉字大约经历了300多年的历史。书法练习会激活大脑神经细胞，使全身血气通融，手臂和腰部的肌肉得到锻炼。中国历代书法家多是长寿之人。

唐朝著名书法家欧阳询，被封为"楷书四大家"之一，欧阳询便是历代书法家中长寿之人。书法造诣极高，高寿至83岁离世。

而现代也有一些高寿的书法家，著名的书法家启功便是其中之一。启功先生被世人赞为"现代王羲之"。他的书法作品，无论条幅、册页、屏联，都能表现出优美的韵律和深远的意境，被称为"启体"，启功先生书法造诣甚高，为人又豁达、开朗，所以高寿至93岁。

图5-8-1　汉字书写艺术

# 作画雅致养天年

　　研习中国书画，有太极之韵，享长寿之道。静中求动，形神合一。书画家创作之时，怡悦相伴左右，健康和长寿不请自来。

　　画坛寿星萧龙士高寿101岁，其作画时"心如兰静"，然后笔下生情。正因为澄心持笔，神思归一，心迹在纸上流注，意象在心间涌现。创造美时，自己先美起来。所谓爱画不疲，妙合自然。心中有自然，长寿走很远。

图5-9-1　墨兰

图5-9-2　蜡梅

　　国画大师张大千自幼特别喜爱梅花，并且特别喜欢画梅，他每迁一处新居，都要在庭院里种不少梅树。他一生痴心于梅花，自喻为"梅痴"。他80岁时定居台北，在寓所"摩耶精舍"用奇石筑梅丘，在其四周遍植各类品种的梅树，以此作为自己百年之后的安身之地。张大千高寿至84岁，这也与他爱梅、画梅、赏梅有莫大的关系。

# 遛鸟清幽舒心胸

从古至今，无论对于皇室贵族还是平民百姓，遛鸟都被作为一项大众喜爱的活动，人们把鸟看作自己的宠物，使自己的生活更有趣。经常遛鸟也有利于增加生活情趣。在生活中，有一种非常聪明的小鸟叫鹩哥，其善鸣，叫声响亮清晰，能模仿和发出多种有旋律的音调，在古代鹩哥被皇室贵族所喜爱。清朝著名的《鹩哥花鸟国画》就绘制了鹩哥可爱的形象。

相传有人窃了一只鹩哥，并将鹩哥倒卖，随后被盗事主在花鸟市场发现了被盗鹩哥，鹩哥见到主人便开口说话，不仅说出了"你好""欢迎""欣赏欣赏"这些常见词语，还学起了鹅叫，后来主人解释说，自己家中除了饲养这只鹩哥，还养了两只大白鹅，鹩哥总是和大白鹅生活在一起，自然学会了鹅叫，后鹩哥被主人带回。可见鹩哥是极其聪明的鸟类，经常与这样聪明的小动物在一起，更能陶冶心灵，使人消除了孤独感和衰老感，激发了生命的火花，这对养生无疑是大有好处的。

图5-10-1　遛鸟

图5-10-2　鹦鹉

# 垂钓动静两相宜

图5-11-1　垂钓图

钓鱼可以修身养性，可以陶冶性情，培养稳健的性格，克服急躁轻浮的情绪，具有修身养性的作用。姜子牙，商末周初军事家，齐国开国君主，后辅佐了西周王，称"太公望"，俗称太公。姜太公寿至97岁，他将钓鱼作为养生之术，只要一有空儿便持竿傍溪，静观天水一色。垂钓虽无饵，但抛钩观浮，一览群鱼绕直钩而过，再抬竿提线另抛，这一起一立、一提一抛，正好使四肢、手腕、脊柱得到了全面的活动伸展，起到了舒筋活血的作用。而静观鱼儿绕钩时则全神贯注、屏气凝神，两者一动一静，动静相兼，是运动平衡的统一。

# 音乐养生

　　美妙的音乐就像药物一样有味道，可以使人百病不生，健康长寿。据说在古代，真正好的中医不用针灸或中药，用音乐。一曲终了，病退人安。中医的经典著作《黄帝内经》两千多年前就提出了"五音疗疾"的理论，古代贵族宫廷配备乐队歌者，不纯是为了娱乐，还有一项重要作用是用音乐舒神静性、颐养身心。

# 五脏相音疗效佳

五行与音乐养生有着深远的渊源，古时便有"五脏相音"学说。古时人们把音乐分为宫、商、角、徵、羽五声，"五脏相音"说的便是宫声入脾，商音入肺，角声入肝，徵声入心，羽声入肾。一般说来，宫调式和徵调式色彩明亮，具有健脾、养心的作用，羽调式和角调式色彩上较暗淡，具有补肾、舒肝的作用，商调式介乎两者间，可使人感欣慰而有清肺之功效，因此根据不同的症情，依据五行学说选用适当的音乐可获得较好的养生效果。

清代青城子的《志异续编》中有一则记载：一士人日夜沉睡不醒，偶尔醒来，亦是两目倦开、痴痴呆呆。名医叶天士诊断后，未开一味药，却令家人买来小鼓一面，在病人床头敲击。士人闻鼓声后，神志逐渐清醒。叶天士解释说：脾脏困乏，致人疲倦，而鼓声最能醒脾，如此而已。鼓声属宫音，这是古人对五音治疗疾病极为生动的例证。

图5-12-1　编钟

## 以舞养生

　　在人类社会产生的早期，人们为了抗击寒冷和潮湿，往往要用活动身躯的方法来驱寒御湿，最原始的舞蹈产生于人们维持生存的各种活动中，舞蹈是一种积极的健身方法，可以活动筋骨，畅快心胸，增强人的祛病能力。1973 年青海大通上孙家寨出土了一个高 14.1 厘米，口径 29 厘米的舞蹈纹彩陶盆。盆内壁所绘舞蹈纹，为五人一组的携手起舞图，共三组。线条简洁流畅，携手并肩，翩翩起舞，场面欢快。

# 民俗养生舞秧歌

清人李调元《南越笔记》载："农者每春时，妇子以数十计，往田插秧，一老槌大鼓，鼓声一通，群歌竞作，弥日不绝，谓之秧歌。"描述的是每年春耕时，农家的妇女儿童数以十计，一起到田里插秧，一人敲起了大鼓，鼓声一响，"群歌竞作，弥日不绝"的热闹场景。

2006 年 5 月 20 日，秧歌经国务院批准列入第一批国家级非物质文化遗产名录。秧歌是中国（主要在北方地区）广泛流传的一种极具群众性和代表性的民间舞蹈的类称，不同地区有不同称谓和风格样式。秧歌现以其优美欢快的节奏、大方舒展的舞步、浓郁淳朴的生活气息，而被当作当今社会上锻炼的常见舞蹈之一。大家边歌边舞，以此抒发愉悦的心情，表达对美好生活的憧憬。

图5-13-1　扭秧歌

# 舞龙舞狮健体魄

相传汉章帝时，西域大月氏国向汉朝进贡了一头金毛雄狮子，使者扬言朝野，若有人能驯服此狮，便继续向汉朝进贡，否则断绝邦交。在大月氏使者走后，汉章帝先后选了三人驯狮，均未成功。后来金毛雄狮狂性发作，被宫人乱棒打死，宫人为逃避章帝降罪，于是将狮皮剥下，由宫人兄弟俩装扮成金毛狮子，一人逗引起舞，此举不但骗过了大月氏使臣，连章帝也信以为真，此事后来传出汉宫，老百姓认为舞狮子是为国争光、吉祥的象征。

图5-14-1　舞狮

图5-14-2　新年舞龙图

传说，有一位龙王腰间疼痛难忍，龙宫所有的药物都吃遍了，就是没什么成效，只好变成老人来到人间求医。一个名医诊脉后觉得奇怪，问他说："你不是人类吧？"龙王看瞒不过去，只好说出实情。于是大夫让他变回原形，从它腰间的鳞甲中捉出了一条蜈蚣，经过拔毒、敷药，龙王完全康复了。为了答谢治疗之恩，龙王向大夫说："只要照我的样子扎龙舞耍，就能

图5-14-3　金龙

风调雨顺，五谷丰登。"这件事传出后，人们便以为龙能兴云布雨，每逢干旱便舞龙祈雨，并有春舞青龙、夏舞赤龙、秋舞白龙、冬舞黑龙的规矩。

龙是汉民族古老的图腾，狮子是祥瑞之兽，因此人们常常在喜庆日子里用舞龙舞狮来祈祷龙和狮子的保佑，舞狮、舞龙人员闲时需要必要的锻炼，因此这样的民间舞蹈和农村冬闲习武一样，目的是强健体魄，锻炼身体。

图5-14-4　舞狮图

# 娱乐健美广场舞

　　随着社会的发展，在民间，广场舞是舞蹈艺术中最庞大的系统，因多在广场聚集而得名，融自娱性与表演性为一体，以集体舞为主要表演形式，以娱乐身心为主要目的。

　　广场舞的练习是在优美动听的音乐旋律中，用心灵把细腻的情感注入舞姿中，并以高超的舞蹈技艺形神一致地表现出各种动与静的姿态，塑造出各种美妙的组合，体现出美的姿态、美的造型，创设出体育与艺术、健与力高度结合的意境，带给人们艺术熏陶和美的享受。因此，广场舞练习对形态、姿态、健康等方面都有较高的要求，经常参加排舞练习是一项很好的形体训练，能提高人体协调能力，强健身体各个部位的肌肉群，以及增加骨骼的骨密度，具有十分积极的健美作用。

图5-15-1　广场舞

# 武术竞技养生

现代武术养生，特指以锻炼身体和自卫为目的的一种传统项目。在人类早期生活中，必须学会面对野兽时的逃避、自卫和捕杀的技能。而这一切都需要有强健的体魄。《礼记》记载："凡执技论力，适四方，裸股肱，决射御。"说明已经将用于实战的武艺，转化为平时竞技的项目。其目的固然还在于备战，实际上的作用却是避免肢体懈怠，保持强健体魄。当今用来锻炼身体的武术形式越来越丰富。

# 老舍打拳养生经

老舍先生自幼家境贫寒，从小身体就多病多灾，22岁那年，一场大病几乎要了他的命。病好之后，他想起了锻炼身体，从此就和打拳结下了不解之缘。老舍先生生活极有规律。他起得早，不贪睡。起来之后，第一件事就是打拳。他学了少林拳、太极拳、五行棍、太极棍、粘手等，并购置了刀枪剑戟。1934年迁居青岛后，老舍在黄县路租了一套房子，房前宽敞的院子成了他的练拳场子。通客厅的小前厅里有一副架子，上面十八般兵器一字排开，让初次造访的人困惑不解，以为闯进了某位武士的家。这一时期的老舍，生活安定，身体说不上健壮，但无大毛病，创作旺盛，写出了《骆驼祥子》这样的优秀作品。

图5-16-1　老舍故居

# 太极祖师高寿谜

　　传说，中国明代著名道士张三丰长寿约150岁左右，不仅开创了内家太极拳，而且精修传统太极内丹功法。太极拳是以自我体肢锻炼为主的养生修炼方法，讲究形神一致、动静结合，意气相依，内外兼修，身心并重。太极拳因其动作舒展轻柔、动中有静、圆活连贯、刚柔相济、形气相随，同时对百姓来说容易掌握、效果明显，所以创立至今广受大众欢迎，也是较为普及的中医养生保健方法。

　　如今拳法已成为人们强身健体、锻炼筋骨的一种重要的养生方式，太极拳如今已经广传海外，其健身之功，已经泽被世界。

图5-17-1　太极拳

# 六、四季养生

四季是指一年中交替出现的春、夏、秋、冬四个季节。"春湿、夏热、秋凉、冬寒""春生、夏长、秋收、冬藏",四季各有其气候特点。人体与自然界的气候变化密切相关,与日月天体运行也常常相应,古时就有了"顺四时而适寒暑"的说法。《道德经》中提道:"人法地,地法天,天法道,道法自然。"

在物质生活大发展的今天,人们生活节奏变快,工作压力增大,环境污染严重,所以四季养生作为中医养生的重要组成部分,有着重要的指导意义。

# 春季养生重调肝

　　春季气温回升，万物复苏，欣欣向荣，一片绿色的新气象。根据五行学说，肝脏属木，其升发调达之性与春季相应。中医藏象理论认为，肝脏贮藏血液，负责疏泄通畅人体的水液、气机、饮食物等。肝在志为怒，意思是肝的正常生理活动受到影响，会表现为稍受刺激则发怒；或者经常发怒脾气暴躁，也会对肝脏造成不利影响。

图6-1-1　春季踏青

图6-1-2 绿树

  因此，春季需保持乐观开朗的情绪，避免发怒，使肝气疏泄顺畅。此外，在春季可以比冬季晚一些睡觉，早一些起床，做一些轻柔的运动，顺应春季的生机和肝气的生发。不要紧束头发或者穿过紧的衣服，要让身心感到舒畅，以护肝养肝。

# 药王主张少食酸

孙思邈（581—682 年），唐代医药学家，被后人称为"药王"。孙思邈一生投身医药事业，走遍深山老林，走访民间医家，著有《备急千金要方》《福禄论》等。相传孙思邈作有《养生歌》，其中"春月少酸宜食甘，冬月宜苦不宜咸，夏月增辛不宜苦，秋辛可省但加酸"指导四季饮食，在民间影响颇深。

《备急千金要方》载，春季饮食宜"省酸增甘，以养脾气"。春季多食酸性食物会使肝火偏亢，损伤脾胃。应多吃一些性味甘平，且富含蛋白质、维生素和矿物质的食物，如薏苡仁、鸡肉、奶、蜂蜜、豆制品、新鲜蔬菜、水果等。

图6-2-1　孙思邈像

# 惊蛰吃梨润咽喉

冬季寒冷，动物藏伏在土中，称为"蛰"。春季天气转暖，蛰虫苏醒，"惊蛰"是春雷震醒蛰居动物的日子，是春季中的第三个节气。

图6-3-1　梨

相传雍正年间，在山西祁县城住着渠百川一家。一年惊蛰之日，渠父拿出梨让渠百川吃后说："先祖贩梨创业，历经艰辛，定居祁县。今日惊蛰你要走西口，吃梨是让你不忘先祖，努力创业光宗耀祖。"渠百川走西口经商致富，将开设的字号取名"长源厚"。后来走西口者也仿效吃梨，多有"离家创业"之意，再后来惊蛰日也吃梨，亦有"努力荣祖"之念。

图6-3-2　惊蛰

惊蛰也是春耕的开始，"梨"音通"离"，相传在这天农民会吃梨，以企盼害虫可以远离庄稼，也有的地区流传着惊蛰吃梨会远离疾病的说法。而实际上是由于春季气候还有些干燥，吃梨可以润肺、生津、止咳。

# 乍暖还寒需"春捂"

"春捂秋冻，不生杂病"是老人们传下来的防病言语，在春季到来的时候适当多穿衣物会让人少生病。北京故宫博物院所藏阮郜的传世作品《阆苑女仙图》，图中描绘了仙岛上春意盎然的景色，前来集会的女仙们却身着较厚的衣衫，正反映出了"春捂"的养生原则。

春季乍暖还寒，虽然自然气温总体处于上升阶段，但由于热惰性，房屋跟不上空气温度的回升而产生温差。并且气候变化明显，一日之内温度变化较大，晴天风和日暖气温较高，阴天下雨气温很低。所以人们在初春季节要有意捂着一点，慢慢地减衣服，才能避免受凉致病。民间还有"吃了端午粽，才把棉衣送"的谚语，也就是过了端午节之后，才脱掉较厚的棉衣。

图6-4-1　粽子

# 夏季饮茶正当时

西湖龙井，色浓、香郁、味醇、形美，乃茶中精品。

"茶"字出于《尔雅·释木》："槚，苦荼（即后来的"茶"字）也。"中国的茶文化源远流长。茶中富含营养成分，给人体提供营养元素，炎热的夏天，喝一杯热茶，使身体微微出汗，汗液会带走身体多余的热量，以起到降温防暑的作用。

图6-5-1　茶

图6-5-2　绿茶

# 清补百合参耳汤

夏季天气炎热，健康的饮食对养生大有帮助，采用适当的食谱可以对身体的调理有事半功倍的作用。故推荐清补佳品——百合参耳汤。

图6-6-1　银耳

图6-6-2　百合

主料：百合、银耳、北沙参。

辅料：大枣、枸杞子、甘草、冰糖少许。

功效：润肺、清心、安神、补气。

做法：主料取适量洗净，银耳需去根撕碎，沙参宜切成小块，加少许辅料以调味调色，可蒸可煮，当点心食用。夏季消耗人体大量体液及营养物质，应适当饮用一些冷饮，以降温防暑。主食建议多用小麦、大麦、荞麦，开胃消积化滞。肉类以牛尾、兔肉等为佳，补中益气、健脾利湿。夏季蔬菜水果丰富，以新鲜、多汁者养生最佳。

图6-6-3　北沙参

图6-6-4　百合参耳汤

# 秋季养生保肺气

《管子》云："秋者阴气始下，故万物收。""收"字有两层含义：一指万物成熟，果实累累，是收获的季节；二指秋季千树落英，万花凋零，是敛肃的季节。

《素问·四气调神大论》云："秋三月，此谓容平，天气以急，地气以明；早卧早起，与鸡俱兴；使志安宁，以缓秋刑。"《黄帝内经》中的论述对四季养生具有重要的意义，大概意思是：秋季应肺气，天气渐寒，地气清肃，人们可适当早睡以避晚凉，早起以吸纳新鲜空气。在这样肃杀的季节里，要避免忧愁的情绪，保持开朗乐观的状态，享受硕果累累的喜悦，以保养肺气，避免肺脏受到损伤。

图6-7-1　秋季风景图

# "以肉贴膘"过立秋

清朝年间，人们对健康的评判，往往只以胖瘦做标准。民间流行在立夏、立秋时悬秤称体重，比较两次体重来检验肥瘦，体重减轻叫"苦夏"。所以瘦了当然需要"补"，弥补的办法就是"贴秋膘"。

中国有俗语"民以食为天"，"贴秋膘"是指用吃肉来将夏天身上掉下的肉膘重新补回来。在夏季天气炎热，人们普遍食欲差，立秋之后虽然也会很热，但身上却很清爽，胃口也渐渐好起来。于是对美食的需求也就增加了，以补充夏天的消耗。

吃味厚的美食佳肴，当然首选吃肉——以肉贴膘。这一天，普通百姓家吃炖肉，讲究一点的人家吃白切肉、红焖肉，以及肉馅饺子、炖鸡、炖鸭、红烧鱼等。实际上，由夏入秋，天气转凉，人体需要更多的热量以适应气候的变化，秋季食用鱼类、肉类也可以为冬季抵御严寒储备体力。

图6-8-1 烤鱼

# 重阳登高插茱萸

相传在东汉时期，汝河一带有个瘟魔，桓景为了除掉瘟魔，决心出去访仙学艺。在仙鹤指引下，桓景拜仙长为师，废寝忘食苦练。这一天仙长对桓景说："明天是九月初九，瘟魔又要出来作恶，你本领已经学成，应该回去为民除害了。"在九月初九的早晨，桓景按仙长的叮嘱把乡亲们领到了附近的一座山上，发给每人一片茱萸叶，一盅菊花酒。中午瘟魔冲出汝河，刚扑到山下，突然闻到阵阵茱萸奇香和菊花酒气，这时桓景手持降妖宝剑追下山来，几个回合就把瘟魔刺死剑下。

图6-9-1 登高

从此，九月初九登高避疫的风俗年复一年地流传下来。重阳时节踏秋、登高、插茱萸、赏菊花等风俗也十分盛行。这种以家庭为单位的集体活动，不仅能够使人的身体得到锻炼，还能增加亲人之间的交流。1989年起，我国将九月初九定为老人节，也有关爱老人健康之意。

图6-9-2 菊花

# 冬季养生在滋肾

"冬者终也，万物皆收藏也"，冬季时自然界阳气衰微，万物收藏，气候寒冷。此时，万物生机闭藏，阳气潜伏，昆虫蛰伏，大地冰封，人体的生理机能也与之相应，新陈代谢处于相对缓慢的状态，养精蓄锐，以待春季到来。

图6-10-1 雾凇

冬三月属水，应于肾气，肾主藏精，与冬季相通，且肾气与人体免疫功能有密切的关系。因此，冬季养生应着重在滋肾，顺应"万物收藏，肾气水旺"的特点，避寒就温，敛阴护阳。适当早睡晚起，增强体质，以保护肾阳。

# 适度锻炼强体魄

太极拳是以中国传统哲学理念为核心思想的一种内外兼修、柔和、缓慢、轻灵、刚柔相济的汉族传统拳术。俗话说："冬天动一动，少生一场病；冬天懒一懒，多喝药一碗。"冬季天气寒冷，外出打打太极拳，使身体受到适当的寒冷刺激，心脏跳动加快、呼吸加深，体内新陈代谢加强，身体产生的热量增加，有益健康。但是既往有心脑血管疾病的人群一定要避免受寒。

锻炼时运动量宜小不宜大，散步、慢跑、健身、打太极拳都是很好的运动方式。冬季运动要注意保暖，避免在雾霾严重时外出锻炼，运动之后要多加休息。

图6-11-1　太极拳

# 充足睡眠养精神

到了冬季，某些动物的生命活动处于极度降低的状态，也就是冬眠，也叫"冬蛰"，这是这些动物对冬季外界不良环境条件的一种适应。熊、蝙蝠、刺猬、极地松鼠、青蛙、蛇等都有冬眠习惯。

所以在冬季，人们也应当顺应自然气候的变化，早睡晚起。休息不好可直接对人的消化功能、精神状态产生很大的影响。最佳的睡眠时间应该是亥时（21～23点）至寅时（3～5点），甚至可以稍晚些起床，但一定要保证充足的睡眠。切忌熬夜或者黑白颠倒，如果到了子时还不睡，可能造成贫血、供血不足。

图6-12-1 蛙

# 七、房事养生

　　从古至今，性都是一个人类生活中不可或缺且不能回避的话题。中医学把男女两性生活称为房事生活，又叫房帏之事，简称房事。凡有关性医学、性保健的论述，古代称之为房中术或房事养生，也叫房中医学。中国古代医家把性作为一门学问来研究，并将其上升到与天地阴阳齐平的地位。并通过对性的探索，提出了性生活具有保健延年功能的观点。这些理论，对后人的生活起居具有重要的指导意义，更为我国性文化的发展和普及发挥了不容忽视的作用。

# 阴阳平衡求养生

　　黄帝说："一阴一阳之谓道，偏阴偏阳之谓疾。"如果阴阳不相结合，就像四季中有春无秋、有夏无冬一样了，顺应自然规律相结合，是最好的养生之道。

　　葛洪为东晋道教理论家、医学家、炼丹家，字稚川，自号抱朴子。丹阳句容（今属江苏）人。葛洪长期隐居民间，对医学、炼丹颇有研究。他生平著作较多，著有《抱朴子·内外篇》《金匮药方》《肘后备急方》等。

　　《抱朴子》中曾说过："房中之法，或以补救伤损，或以攻治众疾，或以采阴益阳，或以增寿延年。"意思是通过男女交合，男女同乐而达到"阴阳平衡"的目的。可见古代房中医学是研究房事活动中有关生理、病理现象及其卫生致寿和防治疾病规律与方法的医学分支学科，相当于现代性医学范畴。其中，运用调神、导引、吐纳、按摩、药饵、食疗等方法调节房事活动，以期强壮复健、祛病延年的方法，也称为"房中（养生）术"。

图7-1-1　葛洪像

# 婚育过早扰精气

在明万历十三年（1585 年）所立的一块石刻，上面记载四川某地上书"都察院示谕军民人等知悉，今后男婚需年至十五六以上方许迎娶，违者父母重则枷号，地方不呈官者，一同枷责"，借以告诫后人，以此来对过早婚育进行禁止。

未成年时期的少男少女们身体还有没成熟的地方，过早地进行房事后，会使男子损耗精气，女子伤及气血。齐大夫褚澄说："如果未成年的男子精道未通就与女子同房，强行使精道疏通，那么身体还没有发育成熟的地方，以后就会有难言之症。如果未成年女子，在身体刚刚开始有月经出现时，就开始亲近男色，致使阴气早泄，就会使身体没有完全发育成熟的地方受到伤害。""虚弱的女子应该养血，应该等到一定时间再嫁；虚弱的男子应节制色欲，待身体强壮以后才能结婚。"

# 婚育过晚精气衰

结婚过晚，精气耗损严重，但仍旧想要女色来求得泄精的快乐，就会精液施泄不出而使机体受到严重损伤，小便会涩滞不畅而疼痛，又再三地耗竭精气，就会导致大小便有牵掣痛的感觉，越痛就越想解大小便，越想解大小便就会越痛。

相传古代有一位孝子，父母身患疾病多年，身体虚弱，她坚持不嫁，在父母身边伺候他们。就这样，年复一年，早已过了生育最佳时期，且一直没有嫁人。后来父母因病相继去世，她再无所牵挂，于是答应了一门婚事。结婚后夫妻相敬如宾，生活非常和谐，于是想要属于自己的孩子，可过了很长时间，依然没有怀孕，找当地有名的郎中看病，郎中看完后，摇摇头，对他俩说，你俩都已过了生育时期，结婚太晚，精气耗损严重，所以恐怕以后都不能有孩子了。此二人非常沮丧，无奈之下，平平度过此生。故告诫后人，婚育不能过晚。

# 古人避孕有秘籍

麝香系生活于中国西南、西北部高原，及北印度、尼泊尔、西伯利亚寒冷地带的雄麝的生殖腺分泌物。麝香香烈窜散，可升可降，具有活血化瘀、催生下胎的作用，故古代用此来避孕。

据说，西汉时期，汉成帝刘骜的后宫中，赵飞燕和赵合德这一对姐妹花采取的就是这样的避孕措施。当然，赵飞燕和赵合德两姐妹为了专宠后宫，独霸龙床，采用的避孕措施是用麝香做成的药贴，将之贴在肚脐上，就可以使女子再不能怀孕了。

民间还有传说，藏红花是宫廷传出来的避孕秘方，除此之外，古人也有用动物肠衣、粪便以及水银等进行避孕。当然，这些方法缺乏科学证据，且易损害人体健康，因此现代不再应用。

图7-4-1　藏红花

# 虚劳不可行房事

神医华佗在治疗疾病的过程中曾强调，不可在过度虚弱或者劳累的时候进行房事，病后虚弱更是大忌，因为劳逸不当是诱发疾病的重要因素之一，在身体过度疲劳、体力不支或健康状况欠佳时，都应避免房事，若在此时行房，就会导致五脏虚劳俱损。

《三国志》记载督邮顿子献得病已经痊愈，找到华佗号脉。华佗说："你的身体还很虚弱，不可太过操劳，切不可行房事，如果违背就会死，而且死后会吐出舌头，有数寸长。"子献的妻子得知丈夫病愈，便来看他。但是晚上子献忘记了华佗的忠告，两人行了房事。3天后子献就发病去世了，死后的样子和华佗交代的一样。可见，虚劳后身体虚弱时行房事是非常危险的。

图7-5-1 华佗像

# 房事不节万病生

　　房事不节必然要耗损肾精，使人之正虚气损，致使百病丛生。因房事过度而肾精亏虚的人，则常常出现腰酸、头晕耳鸣、健忘、面色晦暗、思维迟钝、小便频数，男子阳痿遗精、滑精、早泄，女子月经不调、腹痛带多等症状。故男女交合必须要有法度。

　　《金瓶梅》是中国明朝第一部文人独立创作的长篇白话世情章回小说，里面的西门庆巧取豪夺，聚敛财富，荒淫好色，无恶不作，最后由于服用春药过量，导致精泄暴毙而死。

　　《红楼梦》中的贾瑞，他不听跛足道人的劝告，正照风月鉴，在幻觉中与凤姐行欢作乐，结果遗了一摊冷精而死。可见男女交合虽是作乐之事，但要不加以节制，将带来非常严重的后果。

# 食疗提高性能力

在古罗马时期，人们就发现，海产品是滋养性欲的理想食品，特别是鲨鱼肉，它作为性爱的"催化剂"享有盛誉。科学研究证明，海产品含有丰富的磷和锌等，对于男女性功能保健十分重要，有"夫妻性和谐素"之说。

韭菜，又名起阳草、壮阳草、长生韭，是一种生长力旺盛的常见蔬菜。为肾虚阳痿、遗精梦泄者的辅助食疗佳品，对男性阴茎勃起障碍、早泄等疾病有很好的疗效。

相传有一对夫妻想买丝瓜，有一位卖韭菜的生意人过来了，力劝他不要买丝瓜了，买他的韭菜。于是丈夫说，我就要买丝瓜。卖韭菜的人说："丝瓜痿阳，韭菜壮阳，为什么壮阳的不买，而要去买痿阳的呢？"他妻子听到后，高声喊："既然等不到卖丝瓜的，就买韭菜得了。"从此，韭菜壮阳的事传遍大江南北，作为食疗壮阳之佳品。

图7-7-1　海鲜

图7-7-2　韭菜

# 八、功法养生

# 导引图谱马王堆

马王堆导引图是现存世界最早的导引图谱，1972～1974年在长沙马王堆汉墓（西汉初期诸侯家族墓地）出土。原帛画长约100厘米，与前段40厘米帛书相连。画高40厘米，分上下4层绘有44个各种人物的导引图式，每层绘11幅图。每图式平均高9～12厘米。每图式为一人像，男、女、老、幼均有，或着衣，或裸背，均为工笔彩绘。其术式除个别人像做器械运动外，多为徒手操练。图旁注有术式名，部分文字可辨。

图8-1-1　原版马王堆导引图

图8-1-2　彩绘版马王堆导引图

# 华佗习练五禽戏

华佗，是东汉末年著名的医学家，不但医术高明，而且养生有术。据《后汉书》记载，华佗年老时仍头发胡子乌黑发亮，耳聪目明，牙齿坚固，精神气力比青壮年还旺盛。华佗之所以如此健康，都是长期演练五禽戏的结果。

传说，华佗小时候非常聪明，喜欢治病救人的医术，他收集了很多秘方验方，但效果都不太理想，后来他听说名山之中常有得道的仙人居住，于是就遍游山川，拜师求道。在拜师求道的过程中，路遇仙人，传之五禽戏。每日依法演练，以致身强体健。

图8-2-1　五禽戏

# 达摩创立易筋经

　　易筋经是少林寺大乘禅祖师菩提达摩根据众僧锻炼身体之验所集成，是通过修炼丹田真气打通全身经络的内功方法。现传较广的是经清代潘蔚整理编辑的《易筋经十二势》：韦驮献杵、横担降魔杵、掌托天门、摘星换斗势、倒拽九牛尾势、出爪亮翅势、九鬼拔马刀势、三盘落地势、青龙探爪势、卧虎扑食势、打躬势、工尾势。金庸先生在他的《天龙八部》中写道，武林瑰宝《易筋经》是少林寺的"家传之宝"，并引发了武林的血雨腥风。

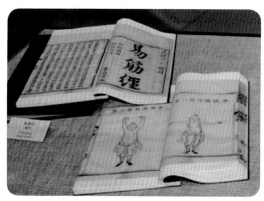

图8-3-1　易筋经十二式

图8-3-2　达摩像

# 《夷坚志》之八段锦

"八段锦",其名称出自北宋·洪迈《夷坚志》:"政和七年,李似矩为起居郎。尝以夜半时起坐,嘘吸按摩,行所谓八段锦者。"对于他的创始人,有人说是禅宗初祖菩提达摩一苇渡江,有人认为是唐代道士钟离权,有人认为是岳飞,说法各异。今天多推崇晚清时所传的歌诀:两手托天理三焦,左右开弓似射雕。调理脾胃须单举,五劳七伤往后瞧。摇头摆尾去心火,两手攀足固肾腰。攒拳怒目增气力,背后七颠百病消。

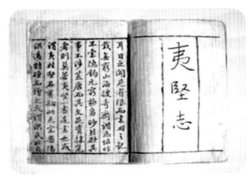

图8-4-1 夷坚志

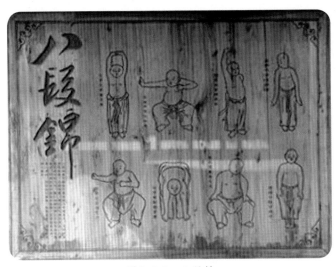

图8-4-2 八段锦

# 曾国藩"君逸臣劳"

图8-5-1　曾国藩像

　　曾国藩是中国近代政治家、战略家、理学家、文学家，湘军的创立者和统帅。与李鸿章、左宗棠、张之洞并称"晚清四大名臣"。曾国藩一生特别崇尚道家养生思想，他在一封书信中写道："养生之道，以君逸臣劳四字为要。"他说的"君逸"就是养心。"治心当以'广大'二字为要"，就是人要清心寡欲，胸怀宽广，注重"静""节欲"，通过精

图8-5-2　养心殿

162

神修炼达到修养的目的，保持良好的精神状态，追求心理的健康，并提出以此为"静"的养生之道。他说的"臣劳"就是人的身体四肢要经常锻炼，处于一定的劳累状态，才能筋骨常健，身体才能保持健康。这是"动"的养生之道。

# 学良大笑养生法

图8-6-1 张学良（青年）

图8-6-2 张学良（老年）

提到张学良，我们都听说过，他是历史上著名的政治人物，也是我国历史上的一位长寿人物，享年101岁。张学良有晨起登山的习惯，在登山过程中，他摸索出了一套"大笑养生法"。他说，笑是为了长寿，早晨起床第一件事，就是要让自己快乐。想快乐，就要把心胸放宽，不要想烦恼的事。心胸放宽，首先要放松，整个心落下来了，身体才会松弛，不再压抑、紧张，才会由衷地发出笑声。"大笑养生法"的具体做法是：喝杯温水滋润口腔和喉咙。吐出全身浊气后，再吸入新鲜空气，同时不断放松身体。稍微提肛，对群山发出笑声、吼声，把体内的气全部吐出去。笑3次之后，放松一会儿，让整个身心完全恢复宁静。再重新吸气、提肛，像刚才那样大笑。笑声要从丹田发出，大约再笑5次，感觉快没有力气为止。笑的时候，要有种把所有的烦恼都"笑"出去的感觉。

# 九、经络养生

　　经络养生是在中医经络理论的指导下，通过针刺、灸法、推拿、刮痧、拔罐、穴位敷贴等方法，调理人体的经络系统，使气血通畅，脏腑功能协调，使得机体处于阴阳平衡状态，从而达到防病治病、强身益寿的目的。

　　经络是我们身体里的灵丹妙药，身体是否健壮及寿命的长短都与经络息息相关。懂得养生的古人把经络看成生命的"半边天"。

　　熟识经络来调气养生，使宗气振奋，营卫畅通，元气充沛，就能够神气十足地健康生活，并能抗衰老、防疾病、延年益寿。因此，也有学者称经络为"人体的医魄"。

# 灸法疗疾亦养生

灸法，随着火的应用而萌芽，并在长期的医疗实践中不断发展。古人在煨火取暖时，由于偶然被火灼伤而解除了某种病痛，因而得到了烧灼可以治病的启示。

图9-1-1　扁鹊像

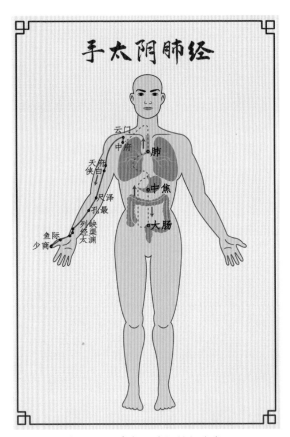

图9-1-2　手太阴肺经循行路线

　　《扁鹊心书》记载了这样一个病例：有个人因为在三伏天喝了从深井中打上来的非常寒冷的水，结果损伤了肺气，引发了咳嗽，很多名医都看不好，最后找到了扁鹊，扁鹊用艾绒来熏烤肺经的中府穴五百壮，结果排出极臭难闻的气体，此后再也没有复发。这就是中医运用手太阴肺经治疗呼吸系统疾病的一个典型案例。

# 常灸关元益寿康

灸法有温阳散寒、助元固本的功能，加之灸物价廉易得，灸法简便可自行操作等，使得艾灸普遍推广，成为延年益寿且经济有效的手段。

明代李梴在《医学入门》中即提道："凡一年四季，各熏一次，元气坚固，百病不生。"

为了验证灸法保健的实际临床效果，古代医家窦材做了亲身试验。他自从五十岁后"常灸关元五百壮""遂得老年康健"（《扁鹊心书·卷上》）。

图9-2-1　古人艾灸养生

# 艾灸膏肓疗宿疴

"病入膏肓"一词是指人体病重到了无可救治的状态。这个典故出自春秋战国时期，晋景公患了重病，请来了秦国的名医医缓进行诊断，医缓发现此病已深，药不可及，针不能达，无计可施，不久晋景公便不治而亡。

而这个故事没有结束，中医讲，人体有一个很重要的穴位名叫膏肓穴，膏肓穴能够治疗很多疾病：羸瘦，虚损，梦中失精，上气咳逆，发狂，健忘，痰病等。药王孙思邈曾说，现在的人们钝拙，不会好好使用此穴，所以宿疴（久病）难以治愈。如果用心思考，求得此穴而灸之，无疾不愈。药王的这段话说明了膏肓穴的强大作用。艾灸膏肓穴时应当感觉到气的走行有如水流旋转的状态，这便达到了灸法养生治病的作用。

图9-3-1 艾灸

# 除湿要穴阴陵泉

《红楼梦》里贾宝玉曾说："女儿是水做的骨肉。"其实，不论男女，水都是人体的重要组成部分。然而，体内湿气过重，就容易滋生细菌，引起水肿及各种炎症，如皮炎、皮疹等。因此，高明的中医大夫会告诉人们需经常艾灸或按摩位于足太阴脾经的除湿要穴——阴陵泉穴，阴陵泉穴能够祛除体内湿气，通经活络。

阴陵泉穴的简便取穴法是手掌顺着小腿胫骨内侧缘一直往上，捋到膝窝下卡住捋不动了，就是阴陵泉的位置。平时经常按摩或者艾灸，对糖尿病、脂肪肝及各种炎症和水肿具有治疗作用。

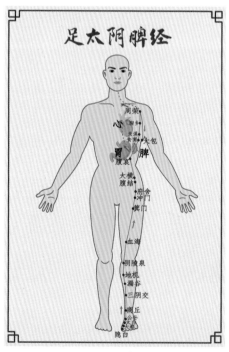

图9-4-1　足太阴脾经循行路线

# 穴位养生藏诗中

唐代王维的《送元二使安西》："渭城朝雨浥轻尘，客舍青青柳色新。劝君更尽一杯酒，西出阳关无故人。"

这是一首送朋友去西北边疆的诗，这里的"阳关"是古代中原通往西域重要的门户，因为位于南边，所以称之为"阳关"，与之相对应的在北部还有一个重要的关隘叫玉门关，原来叫"阴关"，与"阳关"一北一南遥相呼应。

图9-5-1　敦煌阳关驿

　　人体上也同样有两个相呼应的"关隘"，就是任脉的关元穴和督脉的腰阳关穴。腰阳关是督脉元阴元阳的相交点。这个穴位就相当于诗中的阳关，"战略位置"极其重要，是阳气通行的关隘。老人到冬天经常感到后背发凉，很大的原因是腰阳关部位的经络不通，阳气无法上行。打通腰阳关，阳气顺行而上，所有的问题就迎刃而解了。

图9-5-2　阳关旧址

# 常按涌泉保长寿

推拿疗法的起源，可以追溯至远古时期。先民们在生存竞争中遇到意外损伤时，由于用手按抚体表患处而感到疼痛减轻或缓解，从而逐渐发现其特殊的治疗作用，并在长期实践的过程中形成了这一独特疗法。

图9-6-1　足底按摩

宋代陈直的《养老奉亲书》中提出了老年人经常擦涌泉穴，能够使老年人晚年步履轻便，精神饱满。涌泉穴是肾经的起始穴，经气在此处如泉眼般涌出，故有"生命之泉"的美名。经常按摩涌泉穴，能够使肾精充足，耳聪目明，精力充沛，性功能强盛，腰膝壮实不软。

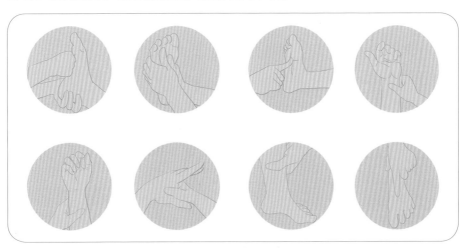

图9-6-2　手足按摩

# 女皇的养生秘籍

武则天是中国历史上唯一一位女皇帝，叱咤政坛多年，而武则天去世时已经是 81 岁高龄，也算是一位高寿的皇帝。武则天能如此长寿，与长强穴关系密切，中医认为，经常按摩长强穴能防病养生、延年益寿。

长强穴，是督脉上的络穴，位于尾骨尖端与肛门连线的中点处。据说，古人修炼气功，小周天即是打通任督二脉，以意导气，自长强穴起，循脊骨，上百会，下龈交，接任脉，抵会阴复合于督脉，气如此升降轮回，循环不止，故名长强。

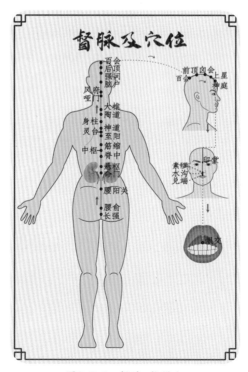

图9-7-1　督脉-长强穴

# 俗语暗藏妙养生

中国有一句俗语叫作"冬至饺子夏至面"，古人很重视冬至和夏至，是因为这两天是阴阳转换的关键节气，夏至是夏天阳气的极致，冬至是冬天阴气的极致。过了夏至，阴气开始生发，白天渐短；而过了冬至，阳气开始生发，白昼渐长。

人体当中也是这样，横膈以下为阳中之阴，横膈以上为阳中之阳。至阳穴就是阳中之阴到达阳中之阳的地方，也就是背部阴阳交关的地方。至阳穴在后正中线上，第7胸椎之下，是后背督脉上阳气最盛的地方，自然是阳光普照，全身受益，正所谓"至阴飓飓，至阳赫赫，两者相接成和，而万物生焉"。对于现在经常泡在酒桌上的人来说，这个穴更是随身携带的法宝。因为按揉它能够很好地改善肝功能，而且现代医学也证实，按摩至阳穴能够降低黄疸指数。

图9-8-1 二十四节气系列之夏至

# 宽心解郁益睡眠

　　甘肃平凉有一个灵台县，是古代丝绸之路的支线，有着深厚的历史渊源。著名的古迹——古灵台就坐落在这里。传说古灵台是周文王为了庆祝征服密须国而建筑的，后来这里就是周文王观天祭天，使自己的王权神圣化的一个地方。

　　人体有一个穴位叫作灵台穴，这当中，与周文王相提并论的当属心，称"心为君主之官"。而灵台的"灵"就是指神灵，也就是心；而"台"则是指台基，高台，号令之处。"灵台"，顾名思义就是君主宣德布政的地方。这样的地方，一定是要干净、清净，外人不能轻易入内的。所以，古人说："灵台者，心也，清畅，故忧患不能入。"这个穴的作用就是修心养性，专治神志病的。现在的人天天忙于追逐功名利禄，心很少有清净的时候。所以要经常按摩灵台穴，帮助我们应对生活中的各种杂事。

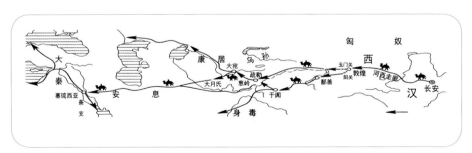

图9-9-1　丝绸之路

# 长寿仙人治头痛

中国神话中有一位长寿的仙人叫彭祖，传说他活了八百多岁。有一段时间，他发现附近有一个人，总是说："哎呀，我头痛，头痛。"找了好多医生看过都没有用。后来，彭祖经过观察，发现他们家的床头朝着窗户，而且他们睡觉的时候不关窗户。彭祖就告诉他说，晚上睡觉的时候把窗户关上，或者把躺卧的方向改变一下。平日里多按摩后头的一个穴位就可以，那个人照着做了之后就好多了。

图9-10-1　长寿仙人彭祖像

　　彭祖的这个小故事告诉我们，古人很早就意识到，不能让后脑勺对着风口。而且可以用头后面的风府穴来治疗头痛。其实不光是睡觉的时候不要对着窗户，现在的人在上班的时候，如果空调正好在脑后的话，也一定要想办法把方向调一下，或者在背后肩颈部位搭一条围巾。平时洗完头，一定要吹干再睡觉，否则湿气进入头部，也是很难消除的。

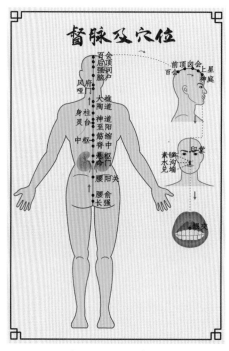

图9-10-2　风府穴

# 吴师机刮痧养生

清代吴师机的《理瀹骈文》中记载："阳痧腹痛，莫妙以瓷调羹蘸香油刮背。盖五脏之系，皆在于背，刮之则邪气随降，病自松解。"这段话的意思是说，在后背膀胱经刮痧能治疗腹部的疼痛，这是因为膀胱经有五脏背俞穴，五脏的疾病会在背俞穴有所反映。

因此，后背膀胱经刮痧可以治疗五脏疾病。本法无须用药，见效也快，尤其在治疗夏秋季节时令病如中暑、外感、肠道疾病时，更为有效。

图9-11-1 古法刮痧养生

图9-11-2 刮痧器具

# 穴位敷贴与养生

　　早在原始社会，人们用树叶、草茎之类涂敷伤口，治疗与猛兽搏斗所致的外伤时，逐渐发现有些植物外敷能减轻疼痛和止血，甚至可以加速伤口的愈合，这就是中药贴敷治病的起源。

　　1973 年，湖南长沙马王堆 3 号汉墓出土的我国现存最早的医方专著《五十二病方》中记载，用芥子泥贴敷于百会穴，使局部皮肤发红，能够治疗毒蛇咬伤。

图9-12-1　原始社会生活

# 穴位贴敷神阙穴

　　明代李时珍《本草纲目》中记载：用大蒜、田螺、车前子等药熬膏敷脐治疗水气肿满效果明显。这一条文的记载实际上就是以穴位贴敷疗法来治疗水肿。神阙穴就是肚脐，取"如门之阙，神通先天"之意，是身体既隐秘又关键的重要穴位。《灵枢·五色》记载："当肾者，脐也。"说明了神阙穴对人体的重要作用。经常对神阙穴进行按摩或者艾灸，可使人体真气充盈、精神饱满、体力充沛、腰肌强壮、耳聪目明。神阙穴不能针刺。

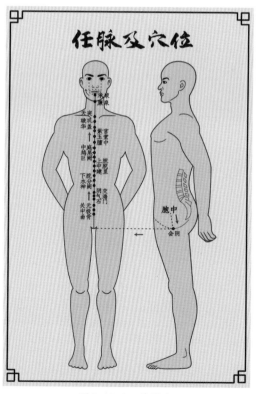

图9-13-1　神阙穴

# "狗皮膏药"的由来

　　乾隆五十七年，名医陈修园给当时权倾朝野的和珅治过腿疾。当时和珅患足萎不能上朝，陈修园让其杀一条狗取皮和药裹于患处，十余天就痊愈了。这就是狗皮膏药的由来。

　　有中医说，"狗皮膏药"的得名是因为用来托附药膏的材料最初是结实耐用的狗皮；民间还传说，"狗皮膏药"的发明者和祖师爷是八仙之一的"铁拐李"。但无论如何传神，有狗皮亲自参与的"狗皮膏药"真的从江湖上销声匿迹了，而穴位敷贴疗法以其简便有效的特点广为流传。

# 简单易学拔罐法

拔罐疗法也有着悠久的历史，古代称之为"角法"，意思是在刺破脓肿之后，用动物的犄角来吸拔脓疮、吸除脓血的外治方法。

马王堆汉墓出土的《五十二病方》中记载了用角法吸除痔疮患者的痔核而方便手术结扎切除痔疮的方法。这样的方法安全、疼痛小，这表明在两千多年前的中国就已经采用拔罐的方法来治病养生了。

拔罐养生在现代人们的生活中亦是随处可见，百姓们可以在医院、诊所甚至自己家里来进行拔罐养生。

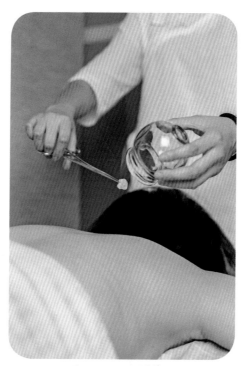

图9-15-1　拔罐养生